CHAQUE PIÈCE, 20 CENTIMES.
24e ET 25e LIVRAISONS.

MICHEL LÉVY FRÈRES, ÉDITEURS,
RUE VIVIENNE, 2 BIS.

LES ENFERS DE PARIS

CINQ ACTES MÊLÉS DE CHANT

PAR

MM. ROGER DE BEAUVOIR et LAMBERT THIBOUST

REPRÉSENTÉS POUR LA PREMIÈRE FOIS, A PARIS, SUR LE THÉÂTRE DES VARIÉTÉS, LE 16 SEPTEMBRE 1858.

DISTRIBUTION DE LA PIÈCE

JACQUES KERLEGON, jeune fermier	MM. CHARLEY-PERRY.	SATAN (GENEVIÈVE)	Mlles SCHWEIZER.
GEORGES DE KÉRAEN	PAUL-DUPRÉ	CARMEN	ALICE OZY.
CHABANAIS, son ami	KOPP.	MADAME DE SAINT-ALPHONSE, tenant une table	
JACOBUS, usurier	LASSAGNE.	d'hôte	Mmes GÉROT.
LE BARON CHIKOF	BERTRAND.	MADELEINE	DESMARES.
JOSEPH, garçon d'hôtel	PRUDELLE.	MARIETTE	Mmes P. POTEL.
GRISPART, voiturier	CHABRÉ.	TRONQUETTE	RÉONNE.
UN GARÇON DE RESTAURANT		JENNY	GABRIELLE.
MINGUET, huissier	EDOUARD.	JULIETTE	MASSE.
UN MONSIEUR	RUSSE.	JULIE, femme de chambre de Carmen	IVERS.
UN HABITUÉ DE LA TABLE D'HOTE	JULES.	BERTHE	CLÉMENCE.
UN COMMIS	PELLERIN.	UN PETIT GROOM, personnage muet.	
UN GEOLIER			

Deux jeunes gens déguisés, hommes et femmes habitués de la table d'hôte, soldats, deux usuriers.

ACTE I.

LE PREMIER SOUPER.

Un cabinet du café Anglais. — Deux portes à droite, au deuxième et au troisième plan. — Fenêtre à gauche au troisième plan. — Au fond, au milieu, une cheminée peinte sur le décor. — A droite et à gauche de la cheminée, consoles chargées d'assiettes, de verres, de bouteilles. — Sur le devant, à droite et à gauche, divans adossés au mur. — Au milieu du théâtre, une grande table ovale toute servie. — Sur cette table, un candélabre à plusieurs branches allumé. — Chaises.

SCÈNE I.

JENNY, BERTHE, JULIETTE, MARIETTE, DEUX JEUNES GENS, puis LE GARÇON. (Tous sont costumés. Au lever du rideau ils sont tous assis autour de la table et sur la fin d'un souper. — Ils sont placés dans l'ordre suivant : Jenny, au bout à gauche; à sa gauche, faisant face au public, Berthe; près de Berthe, un jeune homme; au bout de la table, à droite,

Mariette; sur le devant, tournant le dos au public, un jeune homme à la droite de Jenny; puis Juliette à la droite du jeune homme. — Tableau très-animé.)

ENSEMBLE.

AIR : Bonne amitié, fraternité. (Souvenirs de jeunesse.)

Amis, vive la vie,
Quand le gai carnaval
D'amours et de folie
Vient donner le signal !

MARIETTE, se levant et élevant son verre.

A la santé de monsieur Musard !

TOUS, élevant leurs verres.

A Musard !... (Mariette se rassied.)

JENNY.

Vivent les bals de l'Opéra !

MARIETTE.

Où l'on fait sauter sa jeunesse !...

JENNY.
Où la verra cabriole!...

MARIETTE.
Oh! la vertu!... mesdames, ne parlons pas des absents.
(On rit.)

PREMIER JEUNE HOMME, sur le devant.
Ohé! par ici le poulet!...

DEUXIÈME JEUNE HOMME, derrière la table, le lui jetant.
Le poulet demandé!...

MARIETTE.
Garçon!... du champagne!...

TOUS.
Garçon!... du champagne!... (Frappant sur leurs assiettes
avec leurs couteaux et chantant sur l'air des Lampions.)

Du champagne!
Du champagne!
Du champagne!...

LE GARÇON, entrant par la première porte à droite avec plusieurs bouteilles de champagne.
Voilà!... voilà!... (Il pose les bouteilles sur la table et passe
à l'extrême gauche.)

LE PREMIER JEUNE HOMME.
Nom d'un chien!... on ne peut donc pas être servi au café
Anglais?...

LE GARÇON.
Monsieur... c'est que nous sommes pleins... nous refusons
du monde... vous comprenez... un jour d'Opéra... (Riant.)
On mange jusque sur les escaliers.

SCÈNE II.
Les Mêmes, GEORGES, CHABANAIS.

CHABANAIS, en dehors.
Mais sapristi!... je meurs de faim, moi!...

GEORGES en Pierrot, entrant par la première porte à droite
avec Chabanais qui est en Polichinelle et voyant du monde.
Ah!... pardon!... (A Chabanais.) Ce cabinet est habité...
(Il veut sortir.)

CHABANAIS, le retenant.
Ça ne fait rien. (Passant près de la table.) Messieurs et mes-
demoiselles, excusez l'audace d'un polichinelle... Pourrait-on
consommer à vos côtés?... Oui... très-bien... Garçon, des
crevettes pour trois!...

LE GARÇON.
Voilà! voilà!... (Il remonte et reste au fond.)

MARIETTE, à Chabanais, en s'asseyant sur le bord de la table.
Jeune présomptueux, qui donc es-tu?...

CHABANAIS.
Je n'ai pas mon passe-port sur moi.

GEORGES, le tirant par le bras.
Allons-nous-en!...

CHABANAIS, à Georges.
Laisse donc!... (Georges va s'asseoir sur le divan à droite,
sans s'occuper de ce que dit Chabanais, qui se retourne vers
Mariette.) Nous sommes deux voyageurs, venus à Paris pour
compléter notre éducation... (Se montrant.) Narcisse Chabanais... (montrant Georges) et Georges de Kerven, mon ami...
arrivant de l'aimsol, département du Finistère... On a quelques rentes au soleil...

TOUS.
Diable!...

CHABANAIS.
La Bretagne nous vit naître! La Bretagne, sol poétique, pays
indompté des longs cheveux et des gens têtus!... Les Bretons
seront toujours les Bretons! (Chantant.)

Et lon lan la,
Lon la,
Et lon lan la, lon lan la.

(On rit.)

MARIETTE.
Où est votre moralité?...

CHABANAIS.
Je l'ai laissée au vestiaire.

TOUS, riant.
Bravo!...

MARIETTE, quittant la table.
Bien répondu!... Êtes-vous d'un sang noble?... de qui des-
cendez-vous?...

CHABANAIS.
Nous descendons... de diligence.

TOUS, riant.
Bravo!... (Ils se lèvent et quittent la table.)

MARIETTE, à Chabanais.
Polichinelle, tes réponses nous plaisent.

CHABANAIS.
Je suis un assez bon gars. (Il lui prend la taille; elle lui
échappe et passe près de Georges.)

JULIETTE, à Chabanais.
Le fait est que tu as l'air d'un bon zig!...

CHABANAIS, flatté.
Zig?... En Bretagne on dit gars... zig est plus harmonieux...
et puis, c'est plus facile à prononcer. (Il lutine Juliette, qui
passe près de Mariette.)

MARIETTE, à Georges.
Pierrot... avance à l'ordre!...

GEORGES, se levant et s'approchant.
Me voilà!... (Un des jeunes gens, qui a quitté la gauche et qui
a remonté, descend alors à l'extrême droite.)

MARIETTE.
Pourquoi as-tu quitté le Finistère?...

GEORGES.
Moi?... j'ai voulu vivre!... et la vie, c'est Paris!... Paris,
avec ses femmes, ses bals, ses lumières et son bruit!... Oh! les
femmes!... (Il prend la taille de Mariette, qui passe à droite.)

CHABANAIS, prenant la taille de Jenny.
Oh! les femmes!...

GEORGES.
Il nous fallait la vie folle!...

CHABANAIS.
La vie décolletée!...

GEORGES.
Toutes les fantaisies de la Bohème!...

CHABANAIS.
Un luxe à tout casser!...

GEORGES.
Alors, je suis parti.

CHABANAIS.
Nous avons filé immédiatement. (Pendant la ritournelle de
l'air suivant, Georges et Chabanais lutinent Mariette et Juliette,
qui, en leur échappant, changent de place.)

GEORGES.
Air nouveau de J. Nargeot.
J'ai laissé la pauvre Bretagne,
Lon lan la.
Les pervenches de la campagne,
Lon lan la,
Les chansons du berger qui passe,
Lon lan la,
De l'oiseau libre dans l'espace,
Lon lan la...
J'avais assez de tout cela,
D'entendre toujours lon lan la!

TOUS.
Il avait assez de cela, etc.

CHABANAIS.
DEUXIÈME COUPLET.
Là-bas, je vivais en Bretagne,
Lon lan la,
Les dames qui se gorgent de champagne,
Lon lan la!
Les Bretonnes, c'est trop facile,
Lon lan la...
Je veux aimer des beautés de Mabille,
Lon lan la!
Ah! que longtemps ça m'embête
D'entendre toujours lon lan la!

TOUS.
Ah! que longtemps ça l'embête, etc.

MARIETTE.
TROISIÈME COUPLET.
A la Maison d'or, chez Vachette,

Les las là,
Vous font plus d'une conquête,
Les las là,
Et vous traversent que la tête,
Les las là,
La tête n'est pas difficile...
Les las là!
À Paris, on vous raffole,
Sur un sol air, que (la la la)!

TOUS.
À Paris, on vous raffole, etc.
(On danse sur la ritournelle.)

MARIETTE.
Reçus à l'unanimité!...

TOUS.
À l'unanimité!... (On se remet à table dans l'ordre suivant: Jenny au bout, à gauche; à côté, face au public, revoir jeune homme, Berthe, Georges; Mariette, au bout, à droite; à la droite de Jenny, Georges et le un petit, Chabanais; puis Juliette et le deuxième jeune homme; le garçon toujours au fond.)

CHABANAIS, avant de s'asseoir.
Garçon! deux couverts en plus!... (Il s'assied.)

LE GARÇON.
Voilà voilà! (Il met les deux couverts, qu'il prend sur une des consoles du fond.)

GEORGES.
Et du champagne!...

CHABANAIS.
Des crevettes pour tout!... des truffes!... des poulets!... des homards!... Tout ce que vous voudrez!... — Surtout!...

LE GARÇON, qui allait sortir, se retournant.
Monsieur?...

CHABANAIS, se levant.
Tuez-moi un bœuf!... (On rit, il se rassied.)

LE GARÇON, sortant par la première porte à droite.
Trois crevettes!... truffes sont la surtout!... poulets chasseur! un bœuf!... servez cabinet 5!... surtout...

TOUS, riant.
Un bœuf!... il l'a dit!

MARIETTE.
À boire! (On verse.)

JENNY, se levant et élevant son verre.
À la santé de Chabanais! (Elle se rassied.)

TOUS, levant leurs verres.
À la santé de Chabanais!

MARIETTE, se levant et tendant son verre du côté de Chabanais.
Monsieur Chabanais...

CHABANAIS, se levant aussi et approchant son verre.
Mademoiselle... (Il trinque avec Mariette, qui se rassied. — À part.) Bigre! la petite me fait de l'œil! (Il se rassied.)

GEORGES, imitant Mariette.
Oh! les femmes!

CHABANAIS, imitant Jenny et Juliette.
Oh! les femmes! Nom d'un p'tit bonhomme! (On entend un air de contredanse.)

MARIETTE, levant les yeux au plafond.
Tiens!... on danse là-haut!

JENNY.
Si nous dansions?

TOUS, se levant.
C'est ça!...

CHABANAIS, restant seul à table, buvant et mangeant.
Mazette!! mais j'ai faim, moi!

JENNY, le faisant lever.
Vous souperez au dessert... Je vous invite... (Chacun rince son verre. — Les deux jeunes gens mettent la table sur le côté, à gauche.)

MARIETTE, se ravisant.
Ah! ma foi, non! j'ai assez dansé cette nuit! filons!...

JENNY.
D'ailleurs, la reine est prise... (Remontant et appelant.) Garçon! nos manteaux! (Le garçon entre par la première porte à droite. Nous partons! (Berthe et le deuxième jeune homme ont remonté et restent au fond.)

LE GARÇON.
Partir... mais vous ne le pouvez pas!

MARIETTE.
Pourquoi donc ça?

LE GARÇON.
Il pleut à verse! (Juliette et Jenny vont à la fenêtre qu'elles ouvrent. On entend la pluie qui tombe avec violence.)

CHABANAIS.
Ah! bigre de bigre! (Le garçon sort par la première porte à gauche.)

JENNY, à la fenêtre.
Oh! quel déluge!...

JULIETTE, de même.
Et pas une voiture sur le boulevard!

MARIETTE, remarquant l'air consterné de tout le monde.
Ah çà, qu'est-ce que vous avez donc tous? Est-ce que vous êtes perdues? La parole est à Polichinelle!... On demande une légende bretonne!...

TOUS, revenant sur le devant.
C'est ça! (Georges reste seul au deuxième plan près de la table, sur laquelle il s'appuie.)

JENNY.
Sur les farfadets et les korigans de la localité.

CHABANAIS.
Une légende? voilà! Il y avait une fois...

MARIETTE.
Un roi et une reine qui...

CHABANAIS.
Non... (L'interrompant mystérieusement.) Il y avait un vieux château qu'on appelait la Roche Noire... L'herbe n'y poussait qu'avec une certaine répugnance! ceux qui entraient dans cet immeuble n'en sortaient jamais! c'est que la roche maudite avait pour principal locataire...

TOUS, avec curiosité.
Qui donc?

CHABANAIS, les amenant tous vers la gauche.
Le diable!

TOUS, riant.
Le diable! (Ils remontent. — Musique à l'orchestre.)

CHABANAIS.
C'est comme j'ai l'avantage de vous le dire... Il y était... et il y est encore!

SCÈNE III.
Les Mêmes, SATAN. (Il entre vivement par la deuxième porte à droite et s'appuie contre le chambranle, en trempant un biscuit dans une coupe de champagne.)

SATAN
Tu te trompes, Polichinelle! il n'y est plus! (La musique finit par un forte.)

TOUS, stupéfiés.
Hein?...

SATAN, toujours à la même place.
Il est au café Anglais, en train de tremper un biscuit dans un verre de champagne. (S'approchant.) Mesdames, je suis votre valet. (Il passe devant tout le monde, va mettre sa coupe sur la table et retient au milieu.)

ENSEMBLE.
AIR:
Surprise imprévue!
Quel éclat est instant,
S'offre à notre vue
Satan,
Oui, Satan!
(Pendant cet ensemble, tout le monde redescend, en examinant Satan avec une curiosité mêlée d'un peu d'inquiétude.)

CHABANAIS, regardant Satan.
Ah! c'est un masque!...

TOUS, riant.
Ah! bah!...

JULIETTE.
C'est qu'il nous a fait peur!...

SATAN.
Vous ne voulez pas croire à ma diablerie?...

CHABANAIS.
À cause du costume?... Laissez donc, farceur!... Dix francs chez Babin!...

SATAN,

Je te déclare que j'ai quitté la Roche Noire... je m'ennuyais... je m'étiolais... alors, ma foi, j'ai fait ma malle, et me voilà à Paris, où j'ai des diablotins... (*regardant les femmes*) et des diablesses qui travaillent pour moi...

CHABANAIS.

Ah çà, il veut nous faire poser !...

SATAN.

Mes Enfers de Paris!... Mais c'est un revenu... c'est sûr comme le Lyon ou le trois pour cent.... Paris!... on s'y damne si gentiment!... Une femme par-ci, un verre de pounch par là!... et crac!... le tour est fait! À Paris, j'ai de petites embûches, de jolis petits casse-cous, de jolis petits abîmes couverts de camélias... on les connaît, mais ça n'y fait rien... On s'en approche encore... et crac !... le tour est fait !...

JULIETTE, *riant.*

C'est qu'il est très-gentil !...

SATAN.

Air nouveau de J. Nargeot.

Paris est une vraie misère,
Les enfers que l'on connaît peu,
Là que d'secrets à la misère
Par les femmes et par le jeu !
Ce boudoir où l'on vous attire,
Palais de satin et de velours,
Où vibre le cœur en délire,
Ce boudoir, pays des amours,
    Et voilà, mes amis,
    Les enfers de Paris !...

TOUS.

    Et voilà, mes amis,
    Les enfers de Paris !...

SATAN.

Le baccarat où la gagnote
A fait damner plus d'un joueur,
Et la Bourse où chacun agiote,
Ont le Diable pour inventeur...
L'Opéra, tout plein de pierrettes,
Enfer dont Musard est Satan;
La Maison d'or et ses cachettes,
Où chacun se damne... en soupant.
    Et voilà, mes amis,
    Les enfers de Paris !...

TOUS.

    Et voilà, mes amis, etc.

SATAN.

Bref, chacun s'damne dans la vie;
L'portier s'damne en vous attendant.
Dans l'macadam les jours de pluie,
Vous vous damnez en barbottant.
Plus d'un ménage, sur mon âme,
Fait le diable et se damne aussi;
Le mari fait damner sa femme,
La femm' fait damner son mari.
    Et voilà, mes amis,
    Les enfers de Paris !...

TOUS.

    Et voilà, mes amis, etc.

MARIETTE, *riant.*

Drôle de petit bonhomme !

JENNY, *à Satan.*

Et vous nous connaissez ?...

SATAN.

Parbleu ! (*Présentant tour à tour les femmes à Georges et à Chabanais.*) Mademoiselle Mariette... ayant commencé par la polka au Château Rouge... de jolis yeux, la dent blanche, le pied de Cendrillon et le cœur tendre. — On fait des envois dans les départements. (*On rit. — Satan va à Jenny.*) Mademoiselle Jenny, jeune rat de l'Opéra, grignotant le premier lion venu...

— Il y a un interprète à l'usage des étrangers!... (*On rit. — Satan va à Juliette.*) Mademoiselle Juliette, notre réputation chorégraphique... et cætera, et cætera... (*Il revient au milieu.*) Toutes ces dames ont des voitures, des perruches et des kings-charles.... Leur famille.... elles sont toutes filles de Frétillon... et on leur ôte son chapeau, depuis qu'elles ont fait dorer le cotillon de leur mère !...

TOUS, *riant.*

Ah ! c'est charmant !...

MARIETTE.

C'est qu'il est très-drôle !... (*On remonte; restant seulement sur le devant et dans l'ordre suivant : Mariette, Satan et Chabanais.*)

CHABANAIS, *à part.*

Il ne manque pas de littérature... Serait-ce un vaudevilliste?

SATAN.

Mais, vraiment, je parle... je vais... je suis d'une indiscrétion... Ce n'est pas tout d'être un diable... Il faut être un diable bien élevé... (*Saluant.*) Mesdames... (*Il va pour s'éloigner, Chabanais le retient.*)

MARIETTE, *allant à la table et remplissant un verre de champagne.*

Allons, Satan!... un verre de champagne!... (*Elle lui présente le verre.*)

SATAN, *le prenant.*

Volontiers... (*Il boit... Chabanais remonte et parle à Jenny... Musique à l'orchestre; s'exécutant sur l'air suivant... Satan, après avoir bu, rend le verre à Mariette.*) Merci!... (*Mariette va remettre le verre sur la table.*) Et maintenant, au revoir... (*Il fait quelques pas vers la porte et se retourne.*) Sans adieu, Georges de Kerven!...

GEORGES, *s'approchant de Satan.*

Il me connaît !...

SATAN.

Nous nous reverrons... à Tortoni... à l'Opéra... J'ai toujours ma loge...

TOUS.

Vous?...

SATAN.

Parbleu!... la loge infernale!... À bientôt, Chabanais!...

CHABANAIS, *surpris.*

Mon nom !...

SATAN, *près de la deuxième porte à droite.*

Au revoir, tout le monde!...

TOUS, *avec étonnement.*

Air des Premières armes de Richelieu.

Fait inouï!...

SATAN.

Fait inouï !

TOUS.

C'est bien ici...

SATAN.

C'est bien ici...

VOUS.

Le diable qui...

SATAN.

Le diable qui...

TOUS.

Nous parle ainsi !

SATAN.

Vous parle aussi !
    (*Il sort par la deuxième porte à droite.*)

SCÈNE IV.

LES MÊMES, *moins* SATAN, *puis* LE GARÇON.

TOUS.

Ah! c'est trop fort!... (*L'orchestre exécute une polka en sourdine.*)

JENNY.

Il nous connaît!...

JULIETTE.

Il nous a intriguées !...

MARIETTE.

Ne sommes-nous pas en carnaval?... Tiens!... les voilà qui polkent à bout!... une polka!... (*Elle prend Georges.*)

TOUS.

C'est ça! (*Jenny prend Chabanais, Juliette le premier jeune homme et Berthe le deuxième jeune homme; puis ils polkent.*)

MARIETTE, *s'arrêtant après quelques mesures.*

Ouf! je demande mon lit!... (*Georges la conduit au divan de droite, sur lequel elle tombe assise. Les autres continuent à polker, mais avec moins de vigueur.*) Pleut-il toujours?

BERTON, *qui se trouve près de la fenêtre, tout en polkant.*

À verse!...

MARIETTE.

Ah! je tombe de sommeil!... Ma foi, arrangez-vous comme vous voudrez... moi, je dors... (*Bâillant.*) Ah!... (*Elle s'étend sur son divan.*)

JENNY, *bâillant aussi et s'arrêtant, pendant que Chabanais polke tout seul, ainsi que les deux autres couples.*

Ah!... tu nous fais bâiller!...

MARIETTE.

Faites comme moi... couchez-vous! (*Elle s'endort.*)

JENNY.

Tiens, c'est une idée!... (*Elle va se coucher sur le divan de gauche.*)

TOUS.

Oui!... oui!... (*Berthe se met dans un fauteuil au fond, à gauche de la cheminée, le deuxième jeune homme se couche par terre à ses pieds; Juliette s'étend dans un fauteuil, au fond, à droite de la cheminée; le premier jeune homme se met par terre à côté d'elle; Georges prend une chaise qu'il renverse sur le devant du théâtre, un peu à droite, puis il s'assied par terre et pose sa tête sur le dossier de la chaise.*)

CHABANAIS, *polkant toujours.*

Ils se couchent! soprisi! moi qui ai passé la nuit d'hier en diligence et celle-ci à l'Opéra! (*S'arrêtant.*) Tant pis!... je fais comme eux!... (*Il s'assied près de la table, sur laquelle il s'accoude.*) Bonsoir, Georges! (*La polka cesse à l'orchestre. Chabanais s'endort la tête appuyée dans sa main. Les autres, excepté Georges, s'endorment dans leurs diverses positions. Le milieu du théâtre doit être entièrement libre.*)

GEORGES, *couché.*

Bonsoir! (*À lui-même.*) Je suis à Paris... Enfin!... c'est la vie qui s'ouvre pour moi!... et pourtant j'ai une pensée que je chasse en vain... Elle est là!... toujours là!... Madeleine!... Pauvre Madeleine!... Partir sans l'avoir prévenue... Qu'aura-t-elle dit, en ne me voyant pas venir à l'heure accoutumée?...

CHABANAIS, *rêvant.*

Tronquette!... ma petite Tronquette!...

GEORGES, *s'endormant.*

Lui aussi!... Il pense à ses amours du pays!... Madeleine, as-tu pleuré mon départ!... qu'as-tu dit?... et que feras-tu, Madeleine?... (*En disant ces derniers mots, sa tête alourdie est retombée peu à peu: il s'endort tout à fait. Autour de lui, sommeil général. Quelques ronflements.*)

LE GARÇON, *entrant par la première porte à droite.*

Tiens!... la société qui tombe!... Ah! les fainéants!... brûler donc vos bougies pour des gens-là!... (*Il prend le candélabre qui est sur la table.*) Bonsoir, mes gaillards; vous, vous réveillerez au grand jour... (*Il sort par la première porte à droite. Nuit complète. — Le fond du théâtre se sépare au milieu et laisse voir une petite chambre en Bretagne; c'est celle de Madeleine. — Au fond, une croisée entourée de fleurs grimpantes; devant cette croisée, une quenouille sur laquelle il y a deux rangs de fleurs. — À droite, une petite table; quelques chaises. — Musique à l'orchestre pendant tout le rêve.*)

SCÈNE V.

LES MÊMES, *endormis,* MADELEINE, *puis* TRONQUETTE, *et ensuite* JACQUES.

MADELEINE, *seule.*

(*Au moment où le fond s'ouvre, elle est assise près de la table et file au fuseau. Après quelques instants, elle se lève et va à la croisée.*)

Il ne vient pas!... c'est la première fois qu'il est en retard... (*On entend les cloches.*) Les cloches!... Ah! c'est demain la fête de Paimpol... Le cornemusier va venir et l'on dansera... mais faut que je travaille... Je crois que Georges m'aime un peu... et je veux qu'il m'estime, là!... (*Elle se remet et travaille en chantant.*)

Air nouveau de J. Norgeot.

Sonnez, clochettes du village!
Nous mettrons nos plus beaux habits;
Car c'est demain fête au pays,
Et nous danserons sous l'ombrage...

Sonnez, (bis) clochettes du village!...

(*Se relevant.*)

Il m'invitera le premier...

(*Faisant une révérence.*)

En souriant, je dirai: oui...
Ne suis-je pas sa sœur?... et lui
N'est-il pas mon soui?... n'est-il donc pas mon frère?
Ah!...

(*Elle va se rasseoir près de la table et se remet à travailler.*)

Sonnez, clochettes du village, etc.

(*La musique continue. Posant sa quenouille sur la table et montrant une petite croix d'or suspendue à son cou.*)

Il y a aujourd'hui trois ans qu'il m'a donné cette petite croix d'or... qui ne me quittera jamais!

GEORGES, *rêvant.*

Bonne Madeleine!... toujours jolie!...

TRONQUETTE, *en dehors.*

Madeleine!... Madeleine!...

MADELEINE, *se levant.*

Tronquette!...

TRONQUETTE, *entrant vivement par la gauche.*

Vous ne savez pas, not' demoiselle... Partis!... ils sont partis, tous les deux, pour Paris!... Ah! gredin de Chabanais!... si je le tenais!...

CHABANAIS, *rêvant.*

Bonne Tronquette!... elle pense à moi.

MADELEINE, *frappée.*

Partis!... Es-tu bien sûre?...

TRONQUETTE.

Il y a une heure!... par la carriole du père Larigon, qui les a conduits au chemin de fer!... (*Pleurant.*) Ah! gueusard de Chabanais!...

CHABANAIS, *pleurant en rêve.*

Hi! hi! hi!...

MADELEINE, *d'une voix résignée.*

Ils sont à Paris... au milieu de ces dangers dont nous parle mon frère... fais comme moi... prions pour eux... et que l'ange du sommeil leur apporte nos prières!... (*Les deux jeunes filles vont pour s'agenouiller, lorsque Jacques Kerlehou paraît, venant de la gauche, un bâton de voyage à la main.*)

JACQUES.

Madeleine?...

MADELEINE, *se retournant.*

Jacques!... tu pars?...

JACQUES.

Oui... j' vas l' chercher, c't ingrat-là!... et, bon gré mal gré, faudra bien que je l' ramène.

MADELEINE.

Jacques, puisque tu vas dans c'tte grande ville... il y a... une autre personne... que nous avons pleurée ensemble... et si tu voulais...

JACQUES.

Tais-toi... oui, Paris nous a pris notre sœur Geneviève, qui s'est enfuie et qui s'est perdue là-bas... Il est temps encore de sauver Georges... mais Geneviève... c'est fini... elle n'est plus de la famille...

MADELEINE *et* TRONQUETTE.

Jacques!...

JACQUES.

Ne me parlez jamais de Geneviève, qui nous a oubliés tous!... Et maintenant, sœur, prie le bon Dieu de bénir mon voyage... (*Il l'embrasse au front.*) Et... demande-lui le retour de ton fiancé Georges!... (*Georges fait un mouvement, comme pour se réveiller. — Madeleine et Tronquette se mettent à genoux; Jacques s'éloigne par la droite. — Le fond se referme; tout disparaît. — La musique se termine par un forte.*)

SCÈNE VI.

JENNY, CHABANAIS, BERTHE, JULIETTE, GEORGES, MARIETTE, LES DEUX JEUNES GENS.

GEORGES, *se réveillant.*

C'est elle!... c'est Madeleine! (*Il se lève.*)

CHABANAIS, *de même.*

C'est elle!... c'est Tronquette!... (*Il se lève.*)

GEORGES.

Mon ami!...

CHABANAIS.
Mon vieux!... (Ils se cherchent dans l'obscurité, et se rencontrent au milieu du théâtre.)

GEORGES.
J'ai rêvé!...

CHABANAIS.
J'ai eu le cauchemar!...

GEORGES.
J'ai vu Madeleine!...

CHABANAIS.
J'ai vu Tronquette!...

GEORGES.
Et Jacques!...

CHABANAIS.
Moi aussi!... Ah! c'est assez particulier, ça!

GEORGES.
Il partait pour Paris!...

CHABANAIS.
Heureusement que c'est un rêve... il est là-bas... bien tranquille...

JACQUES, en dehors.
J'vous dis qu'ils sont là!...

GEORGES.
Dieux!...

CHABANAIS.
Cette voix!...

SCÈNE VII.
LES MÊMES, JACQUES.

JACQUES, entrant par la première porte à droite, précédé du garçon qui porte un flambeau. — Le théâtre s'éclaire.
Tenez... les v'là!... (Le garçon pose le flambeau sur la console du fond, à droite, et sort par la première porte à droite.)

GEORGES, stupéfait.
Jacques!...

JACQUES.
Ah! vous ne m'attendiez point!... J'ai su à notre hôtel que vous deviez aller à l'Opéra, et de là souper dans d'café Anglais... et me v'là!... Est-y possible!... mon bon Dieu!... Toi, Georges... déguisé en Pierrot!... (Passant près de Chabanais.) Et toi, Chabanais... en Polichinelle!...

CHABANAIS.
Est-ce que vous trouvez que ça ne me va pas?...

JACQUES.
Oh! si... ça te va... t'as l'air d'un singe... mais, Dieu merci... vous v'là... et je vous remporte!...

CHABANAIS.
Où ça?

JACQUES.
À Palurel, donc!...

CHABANAIS.
Dans le Finistère?... Jamais!... voilà ce qu'on lui fait, au Finistère... Tenez!... (Il fait un pied de nez.)

JACQUES.
Et toi, Georges?...

GEORGES.
Moi?... jamais!

JACQUES.
Quoi! vous refusez de me suivre!... (Montrant les dormeurs.) Et v'là pour quels amis vous nous sacrifiez! Allons Georges, un bon mouvement... viens... viens avec moi... moi, ton ami... moi, qui t'aime comme un frère! moi, qui me jetterais dans le feu pour toi... Tu viendras, pas vrai?... (Silence de Georges qui se détourne.) Tu ne réponds point!...

AIR : Le fruit galant.
Quoi! pour Paris et ses attraits menteurs,
Ton cœur oublie un passé de bonheur,...
Le village et la croix où t'est prise ta mère!...
(Le prenant la main.)
À tous ces souvenirs tes bras ne s'ouvrent...
(Georges entre en scène.)
Tu repousses ma main!... Ah! Paris, je t'vois, frère.
Tu déjà pris ce cœur! (bis.)

GEORGES.
Laisse-moi, Jacques, laisse-moi!

JACQUES, plus pressant.
Et Madeleine!... Madeleine qui t'aime!... à qui qu't'étais fiancé

GEORGES, avec effort, et sans regarder Jacques.
Je rends à Madeleine sa liberté.

JACQUES, après un silence.
Ah! c'est comme ça! Adieu, Georges!... (Il se dirige vers la première porte à droite et se retourne avant de sortir.) Tu veux te perdre, j't'abandonne! Les bons se retirent de toi... Et maintenant, vois-tu, que le diable t'emporte! (Il fait encore quelques pas pour sortir, et se retourne de nouveau.) Oh! que le diable l'emporte! (Il sort précipitamment par la première porte à droite.)

GEORGES, qui est resté un moment immobile au milieu du théâtre, allant à la table où a versé un verre de champagne qu'il vide.
Le diable!... Eh bien, soit!...

SCÈNE VIII.
LES MÊMES, excepté JACQUES, SATAN.

SATAN, paraissant lentement par la deuxième porte à droite, et demeurant là appuyé contre le chambranle, comme à sa première entrée.
Georges de Kervan, j'accepte!... (L'orchestre exécute en sourdine le motif des Enfers de Paris jusqu'au baisser du rideau.)

GEORGES, se retournant et portant son verre sur la table.
Encore!... Eh! monsieur, votre plan et rire me fatigue.

SATAN.
Ah! tu trouves que je déraisonne... Georges, tu as eu tort de repousser Jacques... tu es un gentilhomme (ennoblissant coline?) mon fils... il te reste deux cent mille francs de ce bal, un vieux château vermoulu... et l'argent roule vite à Paris. Jacques, le fermier, est dix fois plus riche que toi... et Madeleine t'aimait...

GEORGES.
Mais qui donc es-tu, toi, qui nous connais tous?

SATAN.
Qui je suis?... que t'importe! (Riant.) Admets que je suis Satan!... Ah! tu vous connaîtra au bout d'année? tu veux connaître mes enfers de Paris? Eh bien!... eh bien! Georges de Kervan... à nous deux! (Il disparaît par la deuxième porte à droite, qui se referme sur lui.)

GEORGES, hors de lui.
Ah! je saurai qui tu es! (Il s'élance, ouvre la porte par laquelle Satan est sorti et disparaît vers la droite.)

CHABANAIS, se levant.
Georges! mon vieux! n'y va pas!... (Criant de toutes ses forces.) Garçon!... à moi, la maison! (Tous les dormeurs se réveillent en turant, et se soulève.)

BOIS, secouant Chabanais.
Qu'est-ce qu'il y a?

CHABANAIS, à moitié fou.
Georges... mon ami... Satan... qui arrive... alors... le diable... il avait des cornes.

NANETTE, riant.
Il est fou!

TOUS, riant.
Il est fou! (Ils se remettent.)

CHABANAIS, se précipitant vers Georges, qui reparaît par la même porte.
Georges!... Eh bien?

GEORGES.
Enfin!... Personne! (Tout le monde, excepté Georges et Chabanais, s'élance vers la deuxième porte à droite, que l'on ouvre. — Tableau muet. — Le rideau tombe.)

ACTE II.
ON FERA UN PETIT LANSQUENET.

Un salon chez madame Sainte-Alphonse. — Porte au fond. — Une seconde porte au deuxième plan, à gauche. — Une porte décorée au premier plan, à droite. — Une troisième au premier plan, à gauche. — Un piano à ... au ... au troisième plan, ... des plans. — Une causeuse sur le devant, à gauche. — Au milieu du théâtre, une grande table ronde recouverte d'un tapis vert, sur laquelle sont deux flambeaux allumés. — Des fauteuils sur la cheminée. — Girandoles de chaque côté de la porte du fond. — Albums sur la cheminée. — — Flambeaux sur le piano. — Fauteuils, chaises, etc. — Toutes les lumières sont allumées comme pour une soirée. — Deux petites caisses de chaque côté de la porte du fond.

SCÈNE I.
Mme SAINTE-ALPHONSE, assise à droite, et faisant ses comptes sur un petit carnet.

Dix mille francs de plus que l'année dernière... trois cent mille francs en bénéfice... (Se levant et mettant son carnet dans sa poche.)

Voilà ce que c'est que d'être à M. Me d'une maison honnête, d'une table d'hôte bien tenue... (Bruit au dehors.) Ah! mes chers pensionnaires ont fini de dîner! (Rentrent par le fond, en riant, Georges avec Jenny, à laquelle il donne le bras, le baron Chikof, et hommes et femmes habitués de la table d'hôte.)

SCÈNE II.

JENNY, GEORGES, Mme SAINT-ALPHONSE, CHIKOF,
Habitués des deux sexes, puis CHABANAIS.

CHŒUR.
Air: Allons, à table! (M. le comte. — L. Nargeot?)

Vers la table!
Plus de lingerie,
Auprès d'un convivi aimable,   (bis.)
Et lorsque chaque verre est plein!

(Pendant ce chœur, Georges a conduit Jenny près de la croisée, où elle s'est assise; il reste debout à côté d'elle. — Les autres dames s'assoient à droite et à gauche. — Chikof a l'air de faire des compliments à madame Saint-Alphonse, qui remonte après l'entrée de Chabanais, et passe à gauche, tout en causant avec ses voisins, dont quelques-uns feuillètent des albums.)

CHABANAIS, entrant par le fond et descendant à la gauche de Chikof.
J'ai dîné comme un Dieu! c'est merveilleux! pour trois francs par tête, un festin de Balthazar!... Comment diable peut-on faire ses frais?

CHIKOF.
On perd sur chacun en particulier... mais on se rattrape sur la quantité.

CHABANAIS.
Ai-je tapé sur la barbue!... et vous aussi, commandant!
CHIKOF, gravement et passant près de Mme Saint-Alphonse.
Madame de Saint-Alphonse, vous avez une cave admirable!... Ah! vous autres Polonais, nous ne dédaignons pas les vins de France.

CHABANAIS.
Vous êtes Polonais, commandant?
CHIKOF, revenant à lui.
J'ai cet honneur, monsieur, un enfant de la Petite-Pologne, rue du Rocher... Vous avez sans doute entendu parler du baron Chikof?

CHABANAIS.
Chikof?... Attendez donc!... oui!... ah! non! je confonds avec Chicard. (On rit.)
CHIKOF, avec emphase.
Je suis le baron Chikof... Oh! mon pays!... monsieur, permettez-moi d'essuyer une larme.
CHABANAIS, lui serrant la main.
Essuyer, commandant, essuyez... mais c'est égal, voyez-vous, les Polonais seront toujours les Polonais!...
CHIKOF, d'un ton très-ému.
Merci, jeune homme, merci!... vous avez du cœur! (Tirant un papier de sa poche.) Permettez-moi de vous inscrire sur cette liste de souscription.
CHABANAIS.
Avec plaisir.
CHIKOF, après avoir écrit avec un crayon.
C'est dix francs.
CHABANAIS, à part.
Aïe! (Il donne de l'argent à Chikof et remonte avec lui de droite à gauche.)
Mme SAINT-ALPHONSE, descendant la scène, à gauche.
Messieurs, on prépare le gala. (A Jenny.) En attendant, dîtes donc, ma petite Jenny, mettez-vous donc au piano... et jouez-nous cette polka, vous savez. (Elle va au piano et prépare de la musique.)
JENNY, se levant.
Mais je n'ai pas ma musique.
Mme SAINTE-ALPHONSE.
Dieu! ma petite, ne soyez donc pas façonnière comme ça... monsieur Georges sera enchanté de vous entendre.
GEORGES.
Certainement. (A Jenny.) Acceptez mon bras, mademoiselle. (Il la conduit au piano) elle s'y assied, prélude et joue une polka sur le vinaigre qui suit.)

CHIKOF, descendant à gauche, ainsi que Chabanais, et continuant sa conversation avec lui.
Oui, monsieur... pour ma part, j'ai été la vieille épée de mes pères, tous morts sur les champs de bataille!
CHABANAIS.
Il y a des gens qui ont de la chance!..
CHIKOF.
Ah! monsieur!... permettez-moi d'essuyer une larme! (Il passe un mollard, Madame Saint-Alphonse sort par le fond.)
CHABANAIS.
Essuyez donc, commandant... Que vous êtes bête de vous gêner avec moi!
CHIKOF.
Chassé de ma patrie pour mes opinions qui paraissaient excentriques, je me suis réfugié en France, et je fréquente cette table d'hôte.
CHABANAIS.
Où vous découpez avec une grâce...
Mme SAINT-ALPHONSE, rentrant par le fond.
Le café est servi.
TOUS, se levant.
Ah! (Jenny quitte le piano.)
GEORGES, à Jenny.
Mademoiselle, vous jouez à ravir! (Il continue de lui parler bas.)
CHABANAIS, à Chikof.
Votre bras, baron.
CHIKOF.
Vous avez du cœur, jeune homme...
CHABANAIS.
Encore!.. (Il va pour fouiller à sa poche.)
CHIKOF.
Votre main!...
CHABANAIS.
Ah!... (Il lui donne la main.)
CHIKOF.
Vous êtes digne...
CHABANAIS, l'interrompant, avec mélancolie.
Ah! baron!... cette soirée sera le plus beau jour de ma vie! permettez-moi d'essuyer une larme!
CHIKOF.
Essuyez, jeune homme, essuyez!
CHŒUR.
Air de la Nuit de Noël.
Le café nous réclame;
Allons,
Messieurs, offrons
Le bras à chaque femme;
Ici nous reviendrons!
(Chikof, Chabanais, Georges, Jenny, et tous les convives sortent par le fond. — Madame Saint-Alphonse ferme la porte, écoute un moment, puis descend la scène mystérieusement. — Réplique à l'orchestre.)

SCÈNE III.

Mme SAINT-ALPHONSE, puis SATAN.

Mme SAINT-ALPHONSE, s'approchant de la cheminée et tirant des cartes d'une cachette pratiquée dans le chambranle.

Diantre!... il m'en faut d'autres... J'avais pourtant fait dire à mame Monicart de m'en envoyer. (En entendant ouvrir la porte du fond, elle met vivement les cartes dans sa poche.)
SATAN, entrant par le fond; il est en vieille femme, porte un cabas en tapisserie, et parle d'une voix chevrotante.
Pardon, mame Saint-Alphonse... (La musique finit par un forté.) Je viens de la part de mame Monicart.
Mme SAINT-ALPHONSE, avec joie.
Ah!... très bien! (A part, examinant Satan.) C'est étonnant... voilà un visage qui m'est inconnu... serait-ce un piège?
SATAN.
Ah! cré coquin de sort!.., j' suis t-y fatiguée, ma pauvre mame Saint-Alphonse!... bédame! j' suis plus jeune... savez vous qu' j'ai soixante et dix ans... Ah! tant pire, je m'asseyons. (Il s'assied à droite.)
Mme SAINT-ALPHONSE, après un silence, et l'examinant toujours d'un air méfiant.
C'est mame Monicart qui vous envoie? (Elle s'approche de Satan.)

SATAN.

Oui, c'tte pauvre Monicart !... v'là z'une bonne et digne femme,
qui s'occupe d'être utile à la jeunesse !... et dire que ces jours-
ci la police voulait l'inquiéter !

Mme SAINT-ALPHONSE, *avec effroi.*

La police !... Ah ! mon Dieu !...

SATAN, *se levant et passant à gauche.*

Mais taisez-vous donc ! *(A voix basse.)* Comme on la sur-
veille de près, elle m'a dit comme ça, à c' matin : « Dites donc
voir un peu, mame Roustoubique... » « Faut vous dire que je
suis sa voisine, la veuve Roustoubique, pour vous servir, tireuse
de cartes et marchande de loges aux Délass'-Com'!... *(Il fait une
courte révérence et prend une prise de tabac.)* « Dites donc voir un
» peu, mame Roustoubique, qu'elle m'a dit dit-elle, on reluque
» mes faits et gestes... faut que j' soye prudente... alors, je n'
» peux pas envoyer pour mes commissions la femme que j'em-
» ploie d'ordinaire, vu que son facies est connu comme le loup
» blanc, qu'on la suivrait, qu'on la pincerait et qu'on la mettrait
» probablement z'à l'ombre !... Vous, mame Roustoubique,
» qu'êtes connue dans le quartier pour une honnête femme, faut
» que vous m'rendiez l' service de porter ça à mame Saint-Al-
» phonse... la table d'hôte du boulevard des Italiens. — Bon !
» qu' j'ai dit, ça me va !... » Alors, j'ai pris mes cliques et mes
claques... j'ai couru comme une petite folle... et me v'là !... Cré
coquin d'sort !... ouf !... J'en peux plus !... *(Il tombe sur la causeuse et s'évente avec son mouchoir.)*

Mme SAINT-ALPHONSE, *à part.*

Cet accent est pourtant assez naturel.

SATAN.

Tiens !... que j' suis bête !... mon qu'oubliais... tenez... les
v'là... *(Il lui donne deux petits paquets de cartes qu'il tire de son
cabas.)*

Mme SAINT-ALPHONSE, *après un petit silence, et toujours avec soup-
çon.*

Comment est-ce préparé ?...

SATAN.

Pardine !... comme à l'ordinaire... vous faites couper les deux
gros paquets... ces deux petits là, ça s'intercale... et on passe
douze fois avec chacun... faites à vos hommes de se régler là-
dessus. *(Il se lève et passe à droite.)*

Mme SAINT-ALPHONSE, *à part.*

Allons, c'est une honnête femme !... *(Haut.)* Je vous avais
soupçonnée, madame Roustoubique...

SATAN.

Oh !...

Mme SAINT-ALPHONSE.

Je vous en demande pardon... entre braves gens, faut pas s'en
vouloir... embrassons-nous... ça va-t-il ?...

SATAN.

De grand cœur, mame Saint-Alphonse. *(Ils s'embrassent.)*

SCÈNE IV.

LES MÊMES, CHIKOF, et les HABITUÉS (hommes) ; puis JENNY.

TOUS, *entrant par le fond en riant.*

Ah ! ah ! ah !... *(Madame Saint-Alphonse met les deux paquets
de cartes dans sa poche.)*

CHIKOF, *descendant à gauche.*

Ils sont un peu lancés ! *(Voyant Satan.)* Quelle est cette
vieille ?...

Mme SAINT-ALPHONSE.

Une amie à mame Monicart... qui m'apporte la chose en
question... Eh bien !... et nos deux nouveaux convives ?... *(Satan s'assied à droite, près de la table.)*

CHIKOF.

Jenny les retient en les faisant causer.

Mme SAINT-ALPHONSE.

Ah !... Chikof !... j'ai des reproches à vous adresser... à table,
vous buviez... vous buviez... ma maison n'est pas un cabaret...
(On rit.)

CHIKOF.

Là !... là !... est-ce que tu vas faire des manières avec les
amis ?... parce que tu as des plumes sur la tête !... *(On rit.)*

Mme SAINT-ALPHONSE.

Chikof, vous êtes un insolent !...

CHIKOF.

Allons... ne nous brouillons pas pour si peu... voyons... embrassons-nous... *(Madame Saint-Alphonse hésite.)* Allons
donc !... *(Ils s'embrassent.)*

SATAN, *riant.*

Hé !... hé !... ils sont gentils, ces deux amours !

CHIKOF.

Et plus de querelles dans la maison Saint-Alphonse...

SATAN, *toujours assis.*

Et compagnie !... Table d'hôte, à six heures, boulevard des
Italiens, tenue par mame de Saint-Alphonse, femme d'âge, qui
a z'éru des malheurs, veuve d'un colonel...

CHIKOF, *à madame Saint-Alphonse.*

Dis donc, si l'on savait que tu t'appelles Sophie Mogin, ex-
revendeuse à la toilette ?... *(Riant.)* Hi! hi! hi! *(On rit.)*

Mme SAINT-ALPHONSE.

Tout ça... c'est des cancans... et v'là tout... à preuve les
circulaires que j'envoie dans les hôtels... à messieurs les étrangers. « Vous êtes invité à venir passer la soirée chez madame
» de Saint-Alphonse... on se mettra à table à six heures. »

SATAN.

« Post-scriptum : — On fera un petit lansquenet. » *(Riant.)*
Hi! hi! hi!

Mme SAINT-ALPHONSE.

« La meilleure société fréquente les salons de madame de
» Saint-Alphonse... à preuve... le baron Chikof... »

CHIKOF.

Présent !

Mme SAINT-ALPHONSE.

« Réfugié polonais... qui a eu des malheurs... » *(Riant.)* Dis
donc, si l'on savait que tu te nommes Thomas Crochard, ex-
pilier d'estaminet, très-fort sur le carambolage... et au piquet,
quand tu fouilles dans tes écarts. *(On rit.)*

CHIKOF.

Eh bien !... après ?... est-ce que nous ne nous valons pas
tous ?...

SATAN, *se levant et venant au milieu.*

Pardine, mes petits enfants, vous corrigez la fortune, quand
elle louche en vous regardant... et v'là tout. Vous travaillez
comme ça à vous rendre l'as de cœur favorable. Vous avez
des titres, mes petits lapins ; vous êtes comme qui dirait les che-
valiers du lansquenet, les vicomtes du baccarat... et cœtera... et
cœtera... c'est-y votre faute, après tout, si le monsieur, qui a
dîné pour ses trois francs comme un coq en pâte, perd dix mille
francs à son dessert ?... Mais faut du silence, mes petits agneaux,
de l'adresse et du silence... et avec ça, on devient riche comme
des marquis de Carabas !

CHIKOF.

T'as raison, la vieille.

SATAN.

Cré coquin d' sort !... ya d' la place pour tout l' monde sur
l' pavé d' Paris !

Air de Pilati.

Pour notre industrie
Faut de l'adresse ; et, mes amis,
       La Californie
Est sur l'asphalte de Paris.
       La fortun' rebelle
N'est pas au bout de l'univers...
       Quand l' gaz étincelle,
Elle rit sur nos tapis verts.
       Guerre à vos escarbes,
Etrangers de tous les pays !
       Pour vider les poches,
Viv' le lansquenet de Paris !

TOUS, *en faisant sonner leurs écus dans leurs poches.*

       Guerre à vos escarbes, etc.

SATAN.

DEUXIÈME COUPLET.

       Profitant d' la séance,
Quand on fait la banque, mes enfants,
       Pour être régence,
Faut toujours partir de dix francs.
       Comme à la roulette,
Soyez gravés, car, voyez-vous,
       Faut un air honnête
Quand on fait le métier d' filou.
       Guerre à vos escarbes, etc.

TOUS, *même jeu que ci-dessus.*

       Guerre à vos escarbes, etc.

SATAN, *parlé.*

Moralité de la chose. *(On se rapproche de lui.)*

TROISIÈME COUPLET.

(Pourtant prenez garde !)
Les profits n'sont pas toujours bons.
Quelquefois la garde
Est brouillé avec les fripons.
Faux baron, faux prince,
En vain vous vantez liberté,...
La loi, qui vous pince,
Vous conduit d'vant l'autorité !
*(Tous se détournent avec crainte, et Satan, qu'ils ne regardent plus, chante
le refrain avec sa voix naturelle.)*
Et punis par elle,
Vous serez toujours, mes amis,
En correctionnelle
Finir tous les gueux de Paris !
*(Ils se retournent tous vers Satan, qui reprend alors sa voix de vieille
pour la reprise.)*
nes, pinee,
Et punis par elle, etc.

SATAN.

C'est égal, mes petits agneaux... nous sommes tous pas mal
canailles comme ça !... *(On rit.)*

Mᵐᵉ SAINT-ALPHONSE.

Elle est charmante !...

CHIKOF.

Elle me va, c'tte vieille-là !... *(Il prend la taille de Satan, qui
le repousse en riant.)*

SATAN.

Cré coquin de sort !... ça m'rajeunit de vous voir !... Adieu,
mes bibis, soyez bien sages... À la chose de vous revoir, mame
Saint-Alphonse... *(Il fait une révérence et remonte pour sortir.)*

JENNY, *entrant vivement par le fond, et à voix basse.*

Les voilà !... les voilà !...

Mᵐᵉ SAINT-ALPHONSE.

Diable !... *(Ouvrant vivement la petite porte à droite.)* Tenez,
mame Roustoubique, passez par là... ça vous descendra rue de
Marivaux...

SATAN.

Bien obligée, mame Saint-Alphonse... *(Faisant une nouvelle
révérence.)* Bonsoir, mes bons chéris.

REPRISE ENSEMBLE, *très-piano.*

Guerre à vos escrocs, etc.

*(Satan sort par la droite ; madame Saint-Alphonse l'accompagne et dis-
paraît un moment avec lui. — Entrent alors par le fond les femmes
honnêtes, qui sont se rasseoir, Georges et Chabanais. — Jenny s'est
mise au piano et fait de la musique. — Chikof s'est adossé à la cheminée et prend un album qu'il parcourt.)*

SCÈNE V.

CHIKOF, CHABANAIS, GEORGES, JENNY, HABITUÉS DES
DEUX SEXES ; *puis* Mᵐᵉ SAINT-ALPHONSE.

CHABANAIS, *entrant le dernier avec Georges, et entendant le piano.*

De la musique !... Bravo !

GEORGES, *désignant Jenny, bas à Chabanais.*

Elle m'a donné son adresse, mon ami !...

CHABANAIS, *bas.*

Ah ! le gaillard !...

GEORGES *et* CHABANAIS, *s'approchant de Jenny, qui joue toujours
du piano.*

Délicieux !... délicieux !... quel talent !

Mᵐᵉ SAINT-ALPHONSE, *rentrant par la droite, dont elle referme la
porte, traversant le théâtre et faisant signe à Chikof, qui remet son album sur la cheminée et vient près d'elle. Bas.*

Tenez... *(Elle lui glisse les deux petits paquets de cartes, que
Satan lui a remis.)* C'est vous qui aurez la chance ce soir...

CHIKOF, *bas.*

Bon !... *(Il met les deux petits paquets dans sa poche.)*

Mᵐᵉ SAINT-ALPHONSE, *bas.*

Voilà la chose... on passe douze fois avec chaque jeu.

CHIKOF, *bas.*

Parfait !...

Mᵐᵉ SAINT-ALPHONSE, *à haute voix, et s'éloignant de lui, en
remontant.*

Non, baron, non... pas ce soir !...

TOUS.

Quoi donc ?...

Mᵐᵉ SAINT-ALPHONSE.

C'est le baron qui se croit en veine et qui veut absolument
faire une petite partie...

QUELQUES PERSONNES.

Oui... oui... une petite partie ! *(Jenny cesse de jouer et quitte
le piano.)*

GEORGES, *s'approchant.*

Mais, certainement...

CHABANAIS, *descendant la scène.*

Je risquerai volontiers cinquante centimes.

Mᵐᵉ SAINT-ALPHONSE, *derrière la table.*

Allons, puisque tout le monde le veut... *(Elle prend des cartes
sur la console, à gauche, et les met sur la table.)* Messieurs, voici
les cartes... asseyez-vous. *(Chikof, madame Saint-Alphonse,
Jenny, Georges, Chabanais et un habitué prennent place autour
de la table et s'asseyent, à l'exception de Georges, qui se tient debout
entre Jenny et Chabanais. Les autres habitués forment galerie.)*

JENNY.

Ah ! mon Dieu ! j'ai oublié ma bourse !

GEORGES, *avec empressement.*

Mademoiselle, permettez-moi d'être votre banquier. *(Il met
de l'argent devant elle.)*

CHABANAIS, *à part.*

Cette petite me fait l'effet de cultiver la carotte.

Mᵐᵉ SAINT-ALPHONSE, *donnant les cartes à Chabanais.*

Monsieur Chabanais, à vous la banque... battez fort... bien
fort...

CHABANAIS, *à Jenny.*

Coupez... *(Il met une pièce de monnaie sur la table.)* Il y a cinquante centimes...

L'HABITUÉ, *mettant au jeu.*

Je les fais.

CHABANAIS, *jouant.*

Neuf... neuf... gagné ! *(Il va pour prendre son argent, puis,
se ravisant.)* Il y a un franc.

Mᵐᵉ SAINT-ALPHONSE.

Tant pis... je me risque... je les fais. *(Elle met au jeu.)*

CHABANAIS, *jouant.*

Huit... huit... gagné ! *(Ramassant son argent et posant les
cartes sur la table.)* Je passe la main. *(On rit. Il se lève.)*

GEORGES, *prenant la place de Chabanais.*

Je la prends... *(Mettant au jeu.)* Un franc. *(Il prend les cartes.)*

L'HABITUÉ.

Je tiens ! *(Il met au jeu.)*

GEORGES, *jouant.*

Roi... as... as... j'ai perdu. *(Il passe les cartes à Jenny. L'habitué ramasse son gain.)*

CHABANAIS, *à part.*

Ai-je eu du nez de passer la main !...

JENNY, *mettant au jeu.*

Il y a cinq francs.

CHIKOF, *de même.*

Je tiens !

JENNY, *jouant.*

Gagné !... il y a dix francs.

CHIKOF.

Je tiens !... *(Chabanais remonte et passe à la droite de Chikof.)*

JENNY, *jouant.*

Encore gagné... vingt francs !...

CHIKOF.

Je tiens !...

CHABANAIS, *à Chikof.*

Vous êtes imprudent, baron... il ne faut jamais courir après
son argent.

JENNY, *jouant.*

Encore gagné... je passe...

CHIKOF, *s'emparant des cartes.*

Je prends. *(Jenny ramasse son gain. — Chikof tire vivement
de sa poche un des petits paquets que lui a donnés Mᵐᵉ Saint-Alphonse, et le met sur le gros jeu. Pendant ce temps, Mᵐᵉ Saint-
Alphonse et Jenny occupent Georges. L'orchestre exécute l'air
des Enfers de Paris.)*

CHABANAIS, qui a remarqué le mouvement de Chikof, poussant une exclamation.

Ah!

TOCA.

Quoi donc?

CHABANAIS, vivement.

Rien... rien... c'est une crampe dans le mollet. (A part.) Il a tiré des cartes de sa poche, je l'ai vu... (Il suit le jeu avec anxiété.)

CHIKOF.

J'ai confiance dans cette main-là, moi... Voyons... (Mettant au jeu.) Il y a quarante francs.

GEORGES.

Je les tiens. (Il met au jeu.)

Mme SAINT-ALPHONSE, à part.

Ils sont faits.

CHIKOF, jouant.

Sept... neuf...(Il tourne une autre carte.) Il y a quatre-vingts francs.

GEORGES, mettant au jeu.

Banquo. (Chabanais remonte et passe à la gauche de Georges.)

CHIKOF, après avoir joué.

Il y a cent soixante francs.

GEORGES, s'animant et mettant au jeu.

Banquo... (Chikof joue.)

CHIKOF.

Décidément, j'ai la veine... Il y a seize louis.

GEORGES, s'animant de plus en plus.

Je les fais! (Il met au jeu.)

CHABANAIS, bas à Georges.

Georges... ne joue pas, je t'en prie.

GEORGES.

Laisse-moi donc!... (Pendant ce temps Chikof a joué.)

CHIKOF.

Ah! vous avez du malheur!... Trente-deux louis, messieurs!

GEORGES, tirant de sa poche un portefeuille qu'il met sur la table devant lui.

Je les fais... banquo!... (Il se lève.)

CHABANAIS, s'élançant et s'emparant du portefeuille.

Non, je ne veux pas!

GEORGES.

Laisse-moi, te dis-je! (Murmures des habitués.)

CHABANAIS.

Je garde le portefeuille, parce que... parce que l'on te vole!

TOUS, se levant.

Oh! (Les femmes se réunissent au fond, excepté Mme de Saint-Alphonse qui s'occupe à ramasser les cartes sur la table.)

CHABANAIS.

Parce que le baron Chikof est un filou, voilà...

CHIKOF, tout en ramassant sur la table les enjeux qu'il met dans sa poche.

Monsieur, cette injure veut du sang! (Mme Saint-Alphonse, qui a relevé toutes les cartes, va les mettre dans la cachette de la cheminée.)

CHABANAIS, à Chikof.

Laisse-moi donc tranquille, vieux farceur! Vous n'êtes pas plus Polonais que le Grand Turc, vous avez tiré des cartes de votre poche. Je vais porter ma plainte au commissaire! (Il remonte.)

TOUTES LES FEMMES, effrayées et poussant des cris.

Ah!... ah!... (Elles sortent par le fond, excepté Mme de Saint-Alphonse.)

CHIKOF, allant fermer la porte du fond.

Vous ne sortirez pas! (Mme de Saint-Alphonse, qui a remonté près de lui, cherche à le calmer.)

CHABANAIS, redescendant.

Sapristi!... les femmes ont filé... comme au cinquième acte de Lucrèce Borgia!... (A Georges.) Mon ami, nous sommes dans un repaire!...

GEORGES.

Le premier qui avance, malheur à lui!... (Il s'empare d'une chaise.)

CHIKOF, demandant à gauche.

Une rixe!... eh bien, soit!... (Chikof et les autres s'emparent également de chaises qu'ils lèvent en l'air. Madame Saint-Alphonse reste à la porte du fond qu'elle entr'ouvre, et fait le guet.)

CHABANAIS, désespéré, criant.

Une garde!... cordon, s'il vous plaît! (Musique à l'orchestre.)

SCÈNE VI.

CHIKOF, Mme SAINT-ALPHONSE, CHABANAIS, GEORGES, SATAN, Hommes masqués; puis UN MONSIEUR, Soldats.

SATAN, en costume de gamin de Paris, entrant par la porte du premier plan, à droite, et se montrant à Chabanais.

Voilà, mon bourgeois!

CHABANAIS.

Oh! quelle chance!... viens, Georges... viens, ma vieille!... (Il l'entraîne et sort avec lui par la porte de droite qui se referme aussitôt au nez de Chikof.)

CHIKOF, fermée à droite et criant vers Satan.

Ah! méchant gamin!... tu paieras pour eux!

SATAN, se mettant en garde à la manière des gamins.

De quoi?... de quoi?... nous faisions les malins avec papa! (Bruit de fusils au dehors.)

Mme SAINT-ALPHONSE, au fond.

La garde!... (Tous effrayés déchirent leurs chaises.)

CHIKOF.

Débâchons!... (Il court à la porte de droite qui s'ouvre, et il se trouve en face de deux soldats qui lui barrent le passage. — Les autres, qui ont tenté de fuir par les autres portes, les trouvent également barrées par des soldats. — A celle du milieu est, de pied, un monsieur en habit noir.)

SATAN, d'un air goguenard à Chikof, en lui montrant les soldats.

Passez donc, mon prince!

CHIKOF.

Pincés!...

LE MONSIEUR, en habit noir.

Sophie Moulin, dite Saint-Alphonse... Thomas Crochard, dit baron Chikof... et vous tous... au nom de la loi, je vous arrête. (Les soldats s'assurent des joueurs, qui cherchent à leur échapper, mais sans succès.)

CHIKOF, à Satan.

Mais qui donc es-tu, toi, qui nous as tous trahis?...

SATAN.

Moi?... je suis un gamin de Paris, qui [illegible] pour se [illegible] toi... [illegible] c'est pris! (Les joueurs font encore [illegible] pour se sauver. — Ils sont contenus par les soldats. — Satan leur fait des pieds de nez. — L'orchestre exécute très-fort le refrain de l'air: Guerre à nos auroches. — Le rideau tombe sur ce tableau.)

ACTE III.

CHEZ CARMEN.

A la Chaussée-d'Antin. — Un boudoir à pans coupés. — Ameublement style Pompadour. — Porte au fond. — Deux autres portes garnies de portières en tapisserie, dans les pans coupés de droite et de gauche. — Une quatrième porte au second plan, à droite. — Une cheminée au second plan, à gauche. — Sur le devant à droite, meuble en bois, une toilette garnie de tous ses accessoires. — A côté de la toilette, un sofa et un petit tabouret de pied. — A gauche, sur le devant, un guéridon sur lequel il y a un plateau avec cartes de visite et petits bouquets, plus un jeu de cartes et des [illegible]. — Sur la cheminée, des [illegible] et un porte-allumettes garni. — Fauteuils, chaises, vases, porcelaines, fleurs, chinoiseries, etc.

SCÈNE I.

JULIETTE, BERTHE, JENNY, MARIETTE, puis JULIE.

(Au lever du rideau, Mariette est assise sur le sofa devant la toilette, et achève sa coiffure en se regardant dans un petit miroir à main; Juliette et Jenny, assises au guéridon, en face l'une de l'autre, jouent aux cartes; Berthe, debout derrière le guéridon, les regarde jouer.)

ENSEMBLE.

Air de polka de J. Margot.

Vivent les douceurs, le plaisir!
Aimer un jour, rire sans cesse,
A nos caprices obéir,
C'est la danse du plaisir!

JENNY, tout en jouant.

Et comme ça, le souper a fini tard?

JULIETTE, de même.

Oh! on ne s'en parle pas, ma chère!... et le petit d'Artenne était d'un gris... Il a cassé pour cinq cents francs!

MARIETTE, à Julie, qui entre par la porte du pan coupé à gauche, et se dirige vers la droite.

Dites donc, Julie... est-ce que Carmen ne va pas rentrer bientôt?

JULIE.

Je ne sais pas, madame... Madame est sortie à deux heures avec mademoiselle Marie. *(Elle sort par la première porte à droite.)*

JENNY.

Est-ce que Carmen a toujours la même voiture?

BERTHE.

Oui... toujours! *(Elle va à la cheminée, allume une cigarette et revient en fumant derrière le guéridon.)*

MARIETTE.

Ah! c'est affreux ces petites voitures en paille!... on a l'air d'être dans un vulgaire coupé ou deux... moi, j'aime le chic comme il faut.

JULIE.

A propos... et le bal de Lucie?...

MARIETTE, *posant son miroir à main sur la toilette.*

Oh! ma chère... la bonne farce!... Elle avait loué des lustres et des candélabres... et elle n'avait pas de bougies à mettre dedans.

TOUTES, *riant.*

Ah! ah! ah!... *(Berthe gagne la droite.)*

MARIETTE, *se levant et venant sur le devant.*

Et Adèle, qui a fini par se faire épouser! *(Juliette et Jenny se lèvent.)*

TOUTES, *venant sur le devant.*

Vraiment!...

Air de J. Nargeot. (Les Femmes du monde.)
Ah! ah! ah! ah! ah!
Mais nous rions bien,
Que ces messieurs n'entendent pas! } bis.

MARIETTE.

D'Auvray, qui s'est ruiné pour elle,
N'avez plus que ce moyen-là
Pour recouvrer son argent...
De tout l'argent qu'il lui donne.

JULIETTE. *(Parlé.)*

Ce pauvre d'Auvray!...

BERTHE.

Une femme de rien!

MARIETTE.

Et maintenant, ça fait des manières avec les amies!... une amie de l'Hippodrome!...

TOUTES.

Ah! ah!

JENNY, *avec mépris.*

Une saltimbanque!...

MARIETTE.

Faut-il que les hommes soient godiches!...

TOUTES, REPRISE.

Ah! ah! ah! ah! ah!
Mais nous rions bien,
Que ces messieurs n'entendent pas!... } bis.

JENNY.

Julie! qui paie encore, qui paie!...

MARIETTE.

Paul, qui paie sa cuisinière d'Opéra
A chaque bout de ses mots
Et la fortune du pays!...

BERTHE. *(Parlé.)*

Paul est aussi ruiné?

JULIETTE, *raill.*

On ne se ruine pas mal, à les entendre!

JENNY.

Et de Mornand, qui est en Californie!...

TOUTES.

Bah!

MARIETTE.

La Californie!... Pardine, ce pays-là a été inventé pour les fils de famille qui font la noce!

TOUTES, REPRISE.

Ah! ah! ah! ah! ah!
Mais nous rions bien,
Que ces messieurs n'entendent pas! } bis.
(Jenny va s'asseoir sur le sofa, sur le fauteuil Berthe vient s'appuyer; Juliette et Mariette vont s'asseoir près du guéridon.)

JENNY.

Ah çà, dis donc, Mariette... et ton Chabanais... va-t-il bien?

MARIETTE.

Chabanais? je le forme!... Dans le principe, il ne m'apportait que des bouquets de violettes d'un sou... maintenant il a du chic, un groom de deux pieds et une voiture au mois. *(Ici, on entend le roulement d'une voiture.)*

JENNY.

Tiens! voilà Carmen qui rentre!... *(Berthe va ouvrir la porte du fond, auprès de laquelle elle reste.)*

JULIETTE.

A propos, et monsieur Georges, est-il toujours amoureux de Carmen?

MARIETTE.

Toujours!... et je crois bien que Carmen en tient pour lui!... c'est une si bonne fille!...

TOUTES.

Oh! oui, que c'est une bonne fille... *(Carmen, en grande toilette, entre par le fond; Julie, qui entre en même temps par la première porte à droite, va au-devant d'elle. Mariette, Jenny et Juliette se lèvent à la vue de Carmen.)*

SCÈNE II.

JULIETTE, MARIETTE, BERTHE, CARMEN, JULIE, JENNY.

TOUTES.

Bonjour, Carmen. *(Berthe passe près de Juliette.)*

CARMEN, *ôtant son chapeau et son châle, qu'elle donne à Julie, qui les emporte, va serrant par la première porte à droite.*

Bonjour, mes chères bonnes... ah! vous êtes bien gentilles d'être venues... Je m'ennuie comme tout depuis ce matin... *(Pendant cette phrase, Jenny a remonté la scène et a passé près de Berthe. — Carmen va s'asseoir sur le sofa.)*

MARIETTE, A *Carmen.*

Tu reviens du bois?...

CARMEN.

Non.

MARIETTE.

Comment! tu ne profites pas du premier rayon de mai?... *(Elle va s'asseoir près du guéridon; Juliette va faire autant, — Berthe et Jenny restent debout près d'elles.)*

CARMEN, *s'arrangeant les cheveux dans la glace de sa toilette, à Julie, qui rentre par la première porte à droite.*

Ah! Julie!...

JULIE, *l'approchant.*

Madame?...

CARMEN.

Il n'est venu personne pour moi?

JULIE.

Si fait, madame.

CARMEN.

Qui?

JULIE.

Il est venu d'abord la mère de madame.

CARMEN.

Ah! maman est venue?...

JULIE.

Oui, madame.

CARMEN.

Vous avez été polie avec elle, Julie?

JULIE.

Oh! oui, madame.

CARMEN.

C'est que, l'autre jour, vous avez été fort malhonnête.

JULIE, *embarrassée.*

Madame, c'est que...

CARMEN.

Je ne veux pas de ça... ma mère est assommante, c'est vrai... mais enfin... c'est ma mère!... Qui est-ce qui est venu après ça?

JULIE.

Madame, on est venu pour des notes... des factures! je ...

comme madame avait laissé l'argent... j'ai payé... (*Les présentant des papiers.*) Voici les notes acquittées.

CARMEN, *prenant les papiers.*

Très-bien... sortez. (*Julie sort par le fond, Jenny traverse la scène et vient s'appuyer sur le dossier du sofa.*)

MARIETTE, *à Carmen.*

Tu payes donc tes créanciers, toi?

CARMEN.

Oui.

MARIETTE.

Es-tu bonne fille!...

CARMEN *riant, et serrant les notes dans le tiroir de la toilette.*

Je tiens à l'estime du monde... on peut ruiner des ducs et des princes... mais il faut payer son épicier.

JULIE, *rentrant par le fond.*

Madame...

CARMEN.

Que voulez-vous?...

JULIE.

C'est un commis de chez monsieur Jeannisset.

CARMEN.

Qu'il entre! (*Julie fait un signe, le commis entre par le fond.*)

SCÈNE III.

Les Mères, LE COMMIS.

LE COMMIS, *un écrin à la main.*

De la part de monsieur Georges de Kervou. (*Il donne l'écrin à Julie.*)

CARMEN.

Donnez. (*Julie remet l'écrin à Carmen qui l'ouvre.*) Oh! une croix en diamant?...

JENNY, *regardant par dessus l'épaule de Carmen.*

Oh! c'est superbe!

MARIETTE, *se levant et allant au commis.*

Vous n'avez rien pour moi, jeune homme?...

LE COMMIS.

Non, madame.

CARMEN.

Julie, reconduisez monsieur. (*Julie sort par le fond avec le commis. Carmen se lève et vient sur le devant, en tenant toujours l'écrin : les autres femmes viennent l'entourer.*)

SCÈNE IV.

BERTHE, MARIETTE, CARMEN, JENNY, JULIETTE, puis JULIE.

JENNY, *à Carmen.*

Oh! es-tu heureuse!...

MARIETTE, *de même.*

Ah çà, que fais-tu donc de tous tes diamants?... tu as toujours les mêmes boucles d'oreilles, le même collier, le même bracelet... tu fais donc une collection, un musée?...

CARMEN, *très-gaie.*

Les diamants!... la belle affaire!.. je suis venue au monde sans ça, et on m'a trouvée gentille ce jour-là!... J'en mets parce que les diamants, c'est notre uniforme... mais le plaisir, voilà le plus rare diamant... et on ne le trouve pas chez Jeannisset. (*Elle donne l'écrin à Jenny, qui le repasse à Juliette, laquelle va le remettre sur la toilette.*)

JENNY.

Eh bien! et l'amour?...

CARMEN.

L'amour!... c'est le plus bête de tous les dieux! Il s'enferme dans une chambre, pour conjuguer le verbe aimer... l'amour me fait l'effet d'un pion de collège, qui fait marcher les pauvres humains deux par deux... Vive le plaisir, qui chante au café Anglais, les fenêtres ouvertes, la nuit, sous les étoiles!... le plaisir, qui vit chez nous et avec nous... Il est dans nos bouquets de bal, dans les fleurs de nos cheveux, dans le frôlement de nos robes de soie, dans nos regards!... Allons, mesdames, un peu de malaga!... A sa santé, et à la nôtre!... car la vie, c'est le plaisir... et le plaisir, c'est nous! (*Elle va au guéridon avec Berthe et Juliette et verse du malaga dans les verres.*)

MARIETTE, *riant.*

Tu parles bien, quand tu t'échauffes!

CARMEN.

Nous en vivons et nous en mourons!... mais bast!... après nous le déluge!...

TOUTES, *riant.*

Tu as raison!... (*Mariette et Jenny vont rejoindre les autres femmes au guéridon, autour duquel elles restent debout.*)

CARMEN.

Air de Piron.

Tin, tin, tin, tin,
La bonne fille,
Tin, tin, tin, tin,
Toujours en train,
Tin, tin, tin, tin,
Toujours gentille,
A tout refrain :
Tin, tin, tin, tin!

(*Elles boivent.*)

Qui sait boire et chanter?... qui paiera son vin
Aux comptes de Werther le quatre et demi pour cent?
Toutes, *en choquant leurs verres sur le fin fin.*
Tin, tin, tin, tin,
La bonne fille, etc.
(*Elles viennent toutes sur le devant, leurs verres à la main.*)

CARMEN.

Excusez l'enfant.

Elle a, quand elle veut, un corps, des diamants,
De l'esprit, quand ell' peut du cœur... quand elle a l'temps!
Toutes, *même jeu que ci-dessus.*
Tin, tin, tin, tin,
La bonne fille, etc.

(*Sur la ritournelle, toutes reportent leurs verres sur le guéridon, excepté Carmen, qui danse la sous à dessus; puis Carmen va se rasseoir sur le sofa. — Jenny et Mariette s'asseyent de chaque côté du guéridon, Juliette reste debout derrière le guéridon et Berthe vient s'appuyer sur le dossier du fauteuil de Mariette, à sa gauche.*)

JULIE, *rentrant par le fond, à Carmen.*

Madame?... (*L'orchestre joue l'air : Sonnez, clochette du village.*)

CARMEN.

Qu'est-ce encore?

JULIE.

Madame, deux jeunes filles...

TOUTES.

Deux jeunes filles!...

JULIE.

Qui veulent absolument parler à madame.

CARMEN, *riant.*

Faites entrer. (*Julie introduit Madeleine et Tronquette, qui restent au fond tout interdites et l'une contre l'autre. Madeleine tient à la main un petit paquet. Après les avoir introduites, Julie sort par la porte du pan coupé, à gauche.*)

SCÈNE V.

JENNY, JULIETTE, MARIETTE, BERTHE, TRONQUETTE, MADELEINE, CARMEN, puis à la fin JULIE.

TRONQUETTE, *bas à Madeleine.*

Dites donc, mam'zelle... v'là qu'j'ai peur!

MADELEINE, *bas, regardant Carmen.*

C'est elle! oh! je suis bien sûre que c'est elle!...

MARIETTE, *les examinant.*

Elles sont gentilles, ces petites.

CARMEN, *aux deux jeunes filles, qui sont toujours immobiles au fond.*

Approchez, mes enfants... (*Madeleine et Tronquette descendent timidement jusqu'au milieu du théâtre.*) Que puis-je pour vous? (*Elle les regarde avec son lorgnon.*)

MADELEINE, *avec hésitation.*

Madame... c'est un bien grand service... mais vraiment... j'ose à peine...

CARMEN.

Osez donc... on peut oser avec nous.

MADELEINE, *se rassurant un peu.*

J'arrive d'un village... bien loin... bien loin... et ma payse... (*elle montre Tronquette,* qui est placée à Paris, m'a dit de m'adresser à vous, et que... vous pourriez peut-être me trouver une condition. Oh! l'on ne se plaindrait pas de moi, madame! surtout si vous vouliez me garder ici... près de vous...

JENNY.

Elle a l'air d'une honnête fille.

MARIETTE.

Dire que j'ai eu cet air-là... en quarante-six!...

CARMEN, à Madeleine.

Mon enfant, ça serait avec plaisir... mais...

MADELEINE.

Oh! gardez-moi, madame... vous me donnerez ce que vous voudrez... je suis habituée à vivre simplement... et vous serez contente...

CARMEN.

Que savez-vous faire?

MADELEINE.

Je sais coudre, je sais.

TRONQUETTE.

Oh! elle sait un peu de tout..., moi, j'sais comme ça garder les moutons... (Elle fait une révérence.)

CARMEN, lorgnant Madeleine.

Ma foi, j'ai envie de la prendre, cette chère petite!

TOUTES.

Oui... oui!...

MARIETTE.

Si tu ne la prends pas, je m'en empare... (A Madeleine.) Petite, tu viendras chez moi!

MADELEINE, vivement.

Non, non... c'est ici que je veux... (se reprenant) que je désire rester!

CARMEN, riant.

Eh bien! soit... restez, mon enfant. Je suis bonne fille, moi!

MADELEINE.

Oh! merci, madame! (A part.) Je le retrouverai!

TRONQUETTE, à part.

Ah! brigand de Chabanais! si tu me tombes sous la main!...

CARMEN.

Berthe... dis à Joseph de donner un coin à cette petite. (Berthe remonte près de la porte du pan coupé, à gauche.)

TRONQUETTE, prenant le paquet de Madeleine.

Donne-moi tout ça... j'vas t'installer, moi! (Faisant la révérence.) Bien votre servante, mesdames!

BERTHE, à Madeleine et à Tronquette.

Par ici! par ici! (Elle sort par la porte du pan coupé, à gauche, suivie de Madeleine et de Tronquette. A peine sont-elles sorties, que Julie entre par le fond.)

JULIE, annonçant.

Monsieur Georges!... monsieur Chabanais!... (Elle sort par la porte du pan coupé, à gauche.)

SCÈNE VI.

JENNY, JULIETTE, MARIETTE, GEORGES, CARMEN, puis CHABANAIS et un Petit Groom.

LES FEMMES, à Georges qui arrive par le fond.

Eh!... arrivez donc!...

CARMEN, toujours assise, tendant la main à Georges.

Arrivez donc, que je vous gronde... l'homme aux diamants!

GEORGES, s'approchant d'elle.

Oh! vous avez reçu?...

CARMEN.

Vous êtes fou! (Georges lui baise la main et s'assied à côté d'elle sur le sofa; ils continuent à parler bas pendant le restant de la scène.)

CHABANAIS, entrant par le fond, suivi d'un groom imperceptible, avec lequel il s'arrête au milieu du théâtre. (Il est vêtu à la dernière mode, tient un stick à la main et a le lorgnon à l'œil.)

John! vous garderez l'américaine... Mon américaine de chez Bender, faites rafraîchir mon alezan de chez Crémieux... allons, sortez, drôle! (Le groom sort par le fond. — Saluant.) Belles dames, je vous baise les pieds.

LES FEMMES.

Bonjour, mon petit Chabanais!

MARIETTE, se levant et allant à lui.

Bonjour, mon petit Chabanais; n'apportez-vous aussi des diamants?

CHABANAIS.

Non. (Ôtant un œillet de sa boutonnière.) Permettez-moi de les remplacer par cette simple fleur des champs. (Il baise l'œillet et le lui présente.)

MARIETTE, prenant l'œillet d'un air mécontent.

Un œillet?

CHABANAIS.

Des diamants... jamais! je veux être aimé pour moi-même et pour mes grâces personnelles. (Les femmes rient.)

MARIETTE.

Avez-vous fini?

CHABANAIS.

Mon enfant, le rubis est bien tombé, allez... c'est mauvais genre... on n'en voit plus que chez ceux qui en vendent!

MARIETTE.

Eh bien! vous allez tout de suite m'en offrir... vous avez votre canne et votre chapeau... bonsoir! allez-vous-en!

CHABANAIS.

Mais, chère amie,...

MARIETTE.

Ou je dirai que vous n'avez pas de chic! (Elle retourne s'asseoir au guéridon.)

CHABANAIS.

Pas de chic, moi?... moi... qui suis le roi de la mode! J'ai des habits qui sont ridicules et qui me gênent... c'est parce que j'ai du chic!

MARIETTE.

Ah! si vous ressembliez au marquis de Rioja!

TOUTES.

Oh! celui-là!...

CHABANAIS.

Ah! oui... ce petit marquis Brésilien! un petit bonhomme qui jette le Pérou par les fenêtres!

JENNY.

Tout Paris ne parle que de lui.

MARIETTE.

En voilà un qui a des diamants plein ses poches!

CHABANAIS, avec éclat.

Eh bien! Danaé, ton Jupiter va prendre son costume de circonstance... en pluie d'or... je vais vous acheter une bague, un châle indien, une maison à Auteuil... enfin, quelque chose.

MARIETTE, se levant vivement et allant à lui.

Revenez vite...

CHABANAIS.

N'ai-je pas mon alezan de chez Crémieux et mon américaine de chez Bender? (Saluant.) Mesdames, je ne fais qu'un saut... (Il se tourne vers Carmen, qu'il salue, et qui ne fait pas attention à lui, tout occupée qu'elle est de sa conversation avec Georges.)

JENNY, se levant.

Et nous, allons voir nos petites protégées!

CHABANAIS, se retournant.

Des petites... hein? quelles sont ces fripouilles?

MARIETTE, vivement.

Çà ne vous regarde pas... mais allez donc, monsieur Chabanais!

CHABANAIS.

On y va! Et voilà comme on nous ruine, nous autres gentilshommes!...

Air de la Corde sensible.

Toujours, quand la beauté m'invite,
Vous le voyez, je suis galant.
Pour ce bijou je pars bien vite,
Et je reviens dans un instant.

ENSEMBLE. REPRISE.

CHABANAIS.

Toujours, quand la beauté m'invite, etc.

LES FEMMES.

Lorsque la beauté vous invite,
Tâchez, monsieur, d'être galant.
Pour ce bijou, partez bien vite,
Et revenez dans un instant.

CHABANAIS, près de la porte du fond, après avoir baisé la main de Mariette.

Ah! je n'ai pas de chic!... (Il sort par la porte du fond. Mariette, Jenny et Juliette sortent par la porte du pan coupé, à gauche.)

SCÈNE VII.

GEORGES, CARMEN, *toujours assis sur le sofa.*

CARMEN, *qui était en train de montrer à Georges l'écrin qu'il lui a envoyé.*

Voyez-vous... c'est monté à jour... et le diamant est taillé
à facettes... c'est très-joli... mais je ne veux pas que vous dé-
pensiez tant d'argent... je suis une bonne fille... et quand on se
ruine pour moi... vrai, ça m'ennuie...

GEORGES.

Bah!... est-ce qu'on se ruine dans le monde?

CARMEN.

Mais... ça arrive au moins une fois... aux gens riches!... faut
bien prendre garde, mon petit Georges!... Ah! comme il est
mal travaillé! Comment! il ne sait pas encore monter sa cravate! (*Mettant l'écrin sur sa toilette.*) Mettez-vous là... (*Elle
lui avance le petit tabouret de pied. — Georges s'y agenouille,
et elle lui arrange sa cravate, tout en parlant.*) Il est certain
que les diamants... c'est très-gentil! je les aime... assez... (*Vivement.*) Mais, avant tout, je suis une bonne fille!...

GEORGES, *souriant.*

Pourtant, vos amies se plaignent de vous.

CARMEN.

Ah!... pourquoi ça?...

GEORGES.

Elles prétendent que vous dites du mal d'elles.

CARMEN.

Danse!... on ne peut pas dire du mal des gens que l'on ne
connaît pas!

GEORGES, *riant.*

Ça, c'est une raison. (*Il se rassied près d'elle.*)

CARMEN, *d'un ton câlin.*

Voyez-vous, mon petit Georges... il faut être prudent, éco-
nome... je vous donnerai de bons conseils... je connais la vie,
moi... je serai votre amie!... (*Changeant de ton.*) Oh! que j'ai
vu de jolis chevaux aujourd'hui!...

GEORGES.

Vraiment!...

CARMEN.

Oui, l'attelage de Marie... il paraît qu'elle veut le vendre...
pour cause de fin de bail... Des amours de poneys!...

GEORGES.

Les voulez-vous?...

CARMEN.

Bon! voilà vos folies qui vous reprennent!... je suis fâchée de
vous en avoir parlé... oh! tenez, je suis furieuse!...

GEORGES, *lui prenant la main.*

Contre moi?... contre moi qui vous aime?...

CARMEN.

Vrai!... vous m'aimez?...

GEORGES.

Et vous?...

CARMEN, *souriant.*

Vous seriez joliment attrapé, si je vous répondais non!...
Dites-moi... n'aviez-vous pas une maîtresse, par là-bas?...

GEORGES, *se levant.*

Moi?... non... j'avais une amie.

CARMEN.

Ah! oui... une petite fille en indienne et en sabots... avec
qui on regarde voler les hirondelles... je connais ça, moi... j'ai
aimé nos oiseaux-là... on est si bête quand on est jeune! Et,
comment s'appelaient vos Idylles?...

GEORGES.

Mes Idylles se nommaient Madeleine.

CARMEN, *railleuse.*

Ah!... c'est un joli nom!

GEORGES.

Mais vous avez raison... ces amours-là sont ridicules!...

CARMEN.

Vous avez oublié cette petite?...

GEORGES.

Je ne sais...

CARMEN.

Comment?...

GEORGES.

Air du Piano de Berthe.
Mais je l'oublierai...

<hr>

Et quand je serai
Aimé de Carmen, alors, je douté;
« Adieu pour toujours, marquiserai Manchon,
» Amour du pays, innocent et personnel!... »
Car c'est vrai, Carmen... vous que j'aime!

(*Ici Madeleine paraît à la porte du pan coupé à gauche et écoute. — Elle
tique à l'orchestre.*)

CARMEN.

Vous êtes décidé?...

GEORGES.

Parfaitement.

CARMEN, *lui tendant gaiement la main.*

Alors, vous avez raison... advienne que pourra!... (*Elle prend
sur la toilette l'écrin qu'elle ouvre, se lève et se dirige vers la
gauche, en regardant la croix de diamant.*)

MADELEINE, *qui a défait la croix d'or attachée à son cou, se mettant devant Carmen et la lui présentant.*

Tenez, madame...

GEORGES, *stupéfait à part.*

Madeleine!...

MADELEINE, *à Carmen.*

En voilà encore une!...

SCÈNE VIII.

MADELEINE, CARMEN, GEORGES, puis TRONQUETTE.

GEORGES, *à part.*

Madeleine à Paris!...

CARMEN, *surprise.*

Que veut cette petite?

MADELEINE, *à Carmen, lui présentant toujours sa croix.*

Oh! prenez-la... elle n'est pas si riche que la vôtre, madame,
il n'y a pas de diamants... c'est une pauvre petite croix... mais,
comme elle a été bénie, elle vous portera peut-être bonheur!

CARMEN, *prenant machinalement la croix.*

Que signifie?...

MADELEINE.

Je vous ai trompée, madame... (*Mouvement de Carmen.*) Je
voulais pénétrer chez vous... savoir si ce qu'on m'avait dit était
vrai... et, comme c'est vrai... je n'ai plus rien à faire ici...
Adieu, madame. (*Elle fait quelques pas pour sortir.*)

CARMEN, *passant à gauche.*

Ah! je comprends... mademoiselle Madeleine!...

MADELEINE, *revenant.*

Non, madame... je ne suis pas Madeleine... Madeleine est
morte... Madeleine était l'amie d'enfance de monsieur Georges,
sa sœur, sa première affection... (*Carmen s'assied près du guéridon, sur lequel elle dépose son écrin.*) Elle a existé tout là-bas...
dans un petit village de la Bretagne... Oh! le village existe toujours, lui!... (*A Georges.*) Vous le connaissez, pas vrai, monsieur Georges?... C'est Paimpol, avec ses pêcheurs, ses maisons
blanches et sa petite église, où les femmes font la prière... mais
la Madeleine d'autrefois... la Madeleine aimée... n'est-ce pas,
Georges, n'est-ce pas qu'elle est morte?... (*Elle pleure.*)

GEORGES.

Madeleine!...

MADELEINE.

Oh! je vous ai entendu... là... tout à l'heure... vous avez re-
nié nos bonheurs d'autrefois... tout est bien fini, allez... (*La
main sur son cœur.*) Je le sens là... allons!... (*Elle remonte.*)

CARMEN.

Mais... mademoiselle... monsieur Georges est libre... libre
de choisir entre nous deux. (*Mouvement de Georges.*)

MADELEINE, *redescendant.*

Choisir!... non, madame... j'ai ma fierté aussi, moi!... et
je ne veux pas que vous soyez ma rivale!

CARMEN, *se levant et avec hauteur.*

Hein!... plaît-il?

MADELEINE.

Oh! pardon!... j'oublie que je suis ici chez vous... que monsieur vous aime... et qu'il ne m'aime plus!

Air du Piano de Berthe.
Moi, je l'oublierai,
Et je partirai,
Malgré qu'il soit heureux... il je me tairai...
Avec un regard vous pourrez sans peine

D'un rôle tout à vous chanter Rabelais...
Moi, je l'oublie !... (bis.)
(La musique continue à l'orchestre.)

Adieu, madame. (Elle remonte.)

TRONQUETTE, entrant par la porte du pan coupé à gauche et allant à Madeleine.

Vous partez, toute désolée?

MADELEINE, lui pressant la main.

Viens... notre place n'est plus ici... et ceux qui nous aiment encore, nous attendent là-bas!

GEORGES, allant à elle.

Madeleine!

MADELEINE, près du fond, tristement.

Georges, ne vous ai-je pas dit que Madeleine était muette?... (Froidement à Tronquette.) Viens!... viens! (Georges l'a suivie jusqu'à la porte et s'arrête là subito.)

SCÈNE IX.
CARMEN, GEORGES.

(Un grand silence, pendant lequel Georges redescend tout pensif à gauche et va s'asseoir à côté du guéridon, pendant que Carmen reste longtemps à écouter. — Fin de la musique.)

CARMEN, devant la toilette, attachant la croix d'or à son cou.

Elle est très gentille, cette petite fille... très gentille!... (Nouveau silence. Se retournant vers Georges.) Eh bien! vous ne dites rien, Georges?

GEORGES.

Moi?

CARMEN.

Est-ce que votre cœur se reprend à aimer les hirondelles?

GEORGES, tristement.

Non, Carmen... mais c'était l'amie de mon enfance... et mon cœur lui fit adieu à ses souvenirs... voilà tout. (Nouveau silence.)

CARMEN, allant à lui.

Je vous ai fait de la peine... voyons, pardonnez-moi... Je dis comme ça des choses que je ne pense pas... mais au fond, je suis bonne fille, allez... Me pardonnez-vous?

GEORGES, se levant et lui prenant la main.

Carmen?

CARMEN, bien caressante.

Vous ne savez pas?... venez me prendre à cinq heures avec votre voiture... nous irons au bois... ça vous distraira... et ça... nous irons où vous voudrez... là, s'rez-ce assez gentille!

GEORGES, lui baisant la main.

À la bonne heure!... je vous retrouve!... (On entend les rires des femmes en dehors, à gauche.)

CARMEN, remontant à gauche.

Je rejoins ces dames... (Se retournant.) Vous viendrez à cinq heures, pas vrai?

VOIX DES FEMMES, en dehors.

Carmen!... Carmen!... viens donc!

CARMEN.

Me voilà!... me voilà!... (Elle sort vivement par la porte du pan coupé, à gauche. Georges la suit jusqu'à la porte et la regarde s'éloigner.)

SCÈNE X.
GEORGES, CHABANAIS, puis JULIE.

CHABANAIS, entrant, tenant quelque chose, et un petit écrin à la main.
— Chabanais.

Elle est à moi!... c'est un triomphe!
Elle est à moi!... l'ivresse au cœur!
Tous les bonheurs de la montagne
Seront jaloux... de mon destin...

(S'arrêtant en voyant Georges.)

Bonjour, Georges... (À lui-même, montrant l'écrin.) La voilà, notre parure!... Ah! je n'ai pas de chance!... c'est ce que nous allons voir!... (À Georges, remettant l'écrin dans sa poche.) Eh bien! qu'as-tu donc, toi?... Des papillons noirs?... Ah! les vilaines bêtes!... Il faut les chasser avec l'éventail du plaisir et le pinceau de la philosophie!... (À lui-même.) Ah! je n'ai pas de chance!

GEORGES, venant à lui.

Tu m'as demandé ce que j'ai!... Là... tout à l'heure... à cette place où tu es... était Madeleine!...

CHABANAIS, surpris.

Madeleine!...

GEORGES.

Madeleine et Tronquette!

CHABANAIS.

Tronquette aussi!... Ah! c'est trop fort!... cette petite Tronquette!... parce que j'ai eu quelques bontés pour elle!... vous ne que c'est que de se familiariser avec des femmes sans éducation!... (S'asseyant sur le sofa.) Elles se cramponnent... elles s'incrustent... mais, sapristi!... on ne veut donc pas nous laisser libres!... il me semble pourtant que nous avons rompu avec le Finistère!...

GEORGES.

Oui, tu as raison... nous sommes libres... libres de jeter notre vie et notre fortune où bon nous semble!

CHABANAIS.

Le fait est que nous n'avons pas mal dépensé... Ah! nous allons bien!... heureusement que nous allons rouler sur l'or!... Quelle heureuse idée nous avons eue hier d'entrer à la Bourse!... (Se levant.) La Bourse!... voilà un endroit bien composé!... témoin ce digne homme, qui nous a proposé cette excellente affaire... tu sais... les mines de sel de la Champagne pouilleuse... ma foi, nous avons tout mis là dedans... Ce monsieur m'a juré sur ma tête que nous réaliserions d'immenses bénéfices!... Tu n'avais pas confiance, toi!

GEORGES.

Je ne connais rien à ce tripotage!... (Il remonte, passe à droite et va s'asseoir sur le sofa.)

CHABANAIS, avec indignation et passant à gauche.

Du tripotage!... à la Bourse!... Georges, tu blasphèmes!... La Bourse est un endroit méconnu!... si la bonne foi était bannie du reste de la terre, on la retrouverait dans les coulisses de la Bourse!

GEORGES.

Enfin... tu as fait ce que tu as voulu!

CHABANAIS.

Et j'ai vaincu les scrupules... tu as fait comme moi... nous deviendrons richissimes... comme ce petit marquis de Rioja, dont tout le monde s'occupe... Il me déplaît infiniment, ce petit monsieur... et si jamais je le rencontre... (Il fait le simulacre de porter une botte.)

JULIE, entrant par le fond et annonçant.

Monsieur le marquis de Rioja!

GEORGES, se levant.

Lui... ici!... chez Carmen!... oh! il va payer cher son insolence!...

CHABANAIS.

Ah! sapristi!... nous allons l'arranger!... (Entre par le fond Satan, vêtu d'un costume de chasse des plus élégants, petites moustaches, impériale, un petit fouet à la main. Après l'entrée de Satan, Julie sort par la porte du pan coupé, à gauche.)

GEORGES et CHABANAIS, s'élançant au-devant de lui.

Monsieur, de quel droit?... (S'arrêtant pétrifiés, en le reconnaissant.) Ah!...

CHABANAIS.

Ah! bah!...

SCÈNE XI.
CHABANAIS, SATAN, GEORGES, puis JULIE.

SATAN, tranquillement, en souriant.

Ça va bien?... moi, pas mal... merci!... Je reviens de la chasse... oui! quelle fatigue!

GEORGES.

Vous, ici!...

CHABANAIS.

Sur nos terres!...

SATAN, d'un ton léger.

Mais, palsambleu!... c'est vous qui êtes sur les miennes, mes très-bons!... je suis ici chez moi!

GEORGES, passant près de Chabanais.

Oh!...

SATAN.

Ce boudoir Chaussée-d'Antin, c'est un de mes enfers meublé par Montbro... je vous ai prévenus... tant pis pour vous!... (Il va vers la toilette et s'étend sur le sofa, où il dépose son fouet.)

GEORGES, à Satan.

Monsieur... cette plaisanterie peut être fort drôle... mais elle se prolonge trop... et je vous déclare...

SATAN.

Ah! vous m'ennuyez!... (Tout en parlant, il tire de sa poche *un porte-cigare et un briquet des plus élégants, prend une cigarette, l'allume et continue la conversation en fumant.)* Ah çà, de quoi vous plaignez-vous, mon cher?... vous me rencontrez dans un cabinet du café Anglais... J'ai la bonté de vous crier gare!... vous donnez dans le panneau chez la saint-Alphonse... une vieille damnée à moi... une dizaine de mécréants vous entourent avec des intentions sinistres... crac!... je vous fais accroire!... Il me semble que je me conduis comme un assez bon diable!... et pour prix de ces bienfaits, quand vous venez chez moi... car je suis chez moi... vous me demandez de quel droit j'y suis?... Ah! les hommes sont ingrats!... Décidément les femmes valent mieux!.. Carmen, par exemple!

GEORGES, *furieux.*

Carmen!... Ah! pour celle-là, je te la disputerai!...

SATAN.

Ta, ta, ta, ta... vous ne disputerez rien du tout.

GEORGES.

Tu le verras... *(Il remonte avec agitation.)*

CHABANAIS, *à Satan.*

Oui, vous le verrez!... et venez donc un peu me disputer le cœur de Mariette!

SATAN, *se levant.*

Pourquoi pas? *(Il va à Chabanais. — Georges descend à droite et s'assied sur le sofa.)*

CHABANAIS, *exaspéré.*

Mais Mariette m'aime, monsieur!... mais je suis le seul homme qu'elle ait vraiment aimé... monsieur!

SATAN, *riant, et en lâchant une bouffée de tabac dans le nez.*

Je l'attaquerai!

CHABANAIS, *fièrement.*

Je la défendrai, monsieur!... mon amour la réhabilitera!

SATAN, *riant toujours, et tirant au milieu du théâtre un fauteuil qu'il prend près du guéridon et sur lequel il s'assied.*

Parole d'honneur!... vous êtes impayables tous les deux!... Ah çà, vous croyez donc à ces amours-là?... Décidément vous êtes plus... Bretons que je ne pensais. L'amour ne loge pas ici, mes très-bons... ces dames lui ont donné congé, parce qu'il ne faisait pas assez de bruit... il n'y vient jamais, et il n'envoie même pas sa carte au jour de l'an... maintenant il demeure partout... excepté ici. L'amour a besoin de l'estime... mais vous autres hommes, vous êtes tous les mêmes... vous aimez les femmes qui vous font rire... et vous estimez celles que vous faites pleurer!... *(Changeant de ton.)* Et tout ça, pour faire plaisir au diable!

CHABANAIS, *ricanant.*

Alors, le siècle n'a pas l'avantage de plaire à monsieur Satan?

SATAN.

Le siècle!... ah! il est joli!... un siècle où les hommes mangent avec le vice là où de la vertu!... et c'est reçu... ça se fait... j'ai un enfer pour ça, qu'on appelle les coulisses de l'Opéra les jours de ballets.

GEORGES.

Alors, tu ne crois pas à la vertu des femmes?

SATAN, *sérieusement, se levant et jetant sa cigarette.*

Moi!... si fait!... il y en a... et beaucoup!... et c'est ce dont j'enrage! Il y a des femmes honnêtes qui restent là, à côté d'un berceau... et elles sont jeunes et jolies!... J'ai voulu les tenter quelquefois... pas moyen... elles disent comme ça : « L'enfant » qui dort dans ce berceau, aura un jour vingt ans, et je veux » qu'il se découvre, quand on lui dira votre mère était une hon- » nête femme! »

GEORGES, *à part, se levant.*

Ma mère!

SATAN, *reprenant le ton léger et repoussant son fauteuil près du guéridon.*

On n'a pas idée de ça... on n'a pas idée de ça... *(Revenant vers Georges.)* Une honnête femme... tiens, c'est Madeleine!

GEORGES.

Je te défends de me parler de Madeleine.

SATAN.

Parce que c'est ton remords d'avoir si mal payé son dévoû-ment. *(A Chabanais.)* Une honnête fille, c'est Tronquette!...

CHABANAIS.

Tenah!... elle a les mains rouges! *(Il remonte.)*

GEORGES.

Carmen n'est pas ce que tu penses.

SATAN.

Ah! oui... on dit partout Carmen la bonne fille!... c'est pour cela que je veux faire sa connaissance... Je ne crois pas à ce que vous appelez les bonnes filles... on n'en trouve plus que dans les chansons de Béranger. Les bonnes filles de la veille sont quelquefois les créancières du lendemain. Prends garde, Georges! *(Il se dirige vers la gauche.)*

GEORGES.

Où vas-tu?

SATAN.

Présenter mon hommage à Carmen.

GEORGES, *du ton d'un homme sûr de lui.*

Tu n'entreras pas!

SATAN.

Allons donc!... je passe partout!

GEORGES.

D'ailleurs, Carmen ne te recevra pas.

JULIE, *entrant par la porte du pan coupé, à gauche.*

Madame attend monsieur le marquis de Sivoja.

GEORGES et CHABANAIS.

Ah! c'est trop fort! *(Chabanais redescend près de Georges.)*

SATAN.

Vous voyez, mes très-bons... on me reçoit. *(A Julie, en lui montrant une bourse qu'il tire de sa poche.)* Tiens, la belle... prends ces dix louis.

JULIE.

Dix louis!...

SATAN, *lui jetant la bourse.*

Prends!... Bien. Maintenant, tu es à moi, je t'ai achetée.

JULIE, *riant.*

Moi, monsieur le marquis?

SATAN.

Oui... tu me dois une mauvaise action pour mon argent... Oh! rassure-toi, ça ne fera du tort qu'à ta maîtresse. Allons, précède-moi, je te suis. *(Julie sort par où elle est entrée. — Satan en fait la mine, puis s'arrête, et, revenant sur ses pas, s'appuie sur le dos du fauteuil, près du guéridon.)* Et mainte-nant, mes gaillards, une autre nouvelle!... vous êtes entrés hier à la Bourse, malgré ma science.

CHABANAIS, *d'un air de triomphe.*

Oui!

SATAN.

Vous avez confié votre argent à l'appelé Duvernay, courtier d'affaires.

CHABANAIS, *de même.*

Oui! oui! oui!

SATAN.

Eh bien, ce Duvernay est un fripon! *(Mouvement de Georges et de Chabanais.)* Il est parti ce matin, avec votre argent... ligne du Nord.

GEORGES et CHABANAIS.

Ciel!...

SATAN, *en riant.*

Vous êtes ruinés!

CHABANAIS, *avec éclat, et passant à gauche.*

Mais tous les enfers sont donc dans cet être maudit! *(Il tombe accablé sur le fauteuil à gauche, près du guéridon.)*

SATAN, *reprenant le milieu.*

Rassurez-vous, j'en ai encore d'autres à vous montrer. *(Saluant.)* Bonsoir, messieurs... Carmen m'attend. *(Il sort, en écla-tant de rire, par la porte du pan coupé, à gauche.)*

SCÈNE XII.

CHABANAIS, GEORGES.

GEORGES, *tombant assis sur le sofa.*

Ruiné!

CHABANAIS, *se désespérant.*

Mais c'est affreux! c'est indigne!... mais c'est une infamie! *(Se levant.)* Et on laisse l'agiotage ravager ainsi les familles!... *(D'un ton sentencieux.)* Oh! jeunes gens!... jeunes gens!... ga-gnez de l'argent par votre travail, et achetez du trois pour cent au cours moyen.

GEORGES, *se relevant vivement.*

Mais c'est impossible!... je cours m'assurer... oh! ce misé-rable Duvernay!... je le tuerai! *(Il sort précipitamment par le fond.)*

CHABANAIS, *allant s'asseoir sur le sofa.*

Ruiné!... ruiné de fond en comble!... *(Se relevant tout à coup.)* Ah! une idée!... je vais me jeter par dessus le pont des Arts! *(Il remonte vivement. — A ce moment, entrent par la porte du pan coupé à gauche, Mariette, Jenny, Berthe et Juliette.)*

SCÈNE XIII.

BERTHE, JENNY, MARIETTE, CHABANAIS, JULIETTE.

LES FEMMES, courant à Chabanais.

Ah! voilà Chabanais!

MARIETTE, à Chabanais.

Et mon bracelet?

CHABANAIS, avec force.

Jamais!...

MARIETTE, furieuse.

Chabanais!...

CHABANAIS.

Tous les marchands étaient fermés!...

LES FEMMES.

Oh!...

CHABANAIS.

Des diamants... il n'y en a plus!... Le gouvernement ne veut plus qu'on en vende!... ça ferait du tort à la régie!... (*Il sort vivement par le fond, laissant les femmes stupéfaites.*)

SCÈNE XIV.

BERTHE, JENNY, MARIETTE, JULIETTE, puis CARMEN.

JENNY, riant.

Qu'est-ce qu'il a donc?

JULIETTE.

Il est fou!

BERTHE.

Il est toqué!

MARIETTE.

Il est enragé! (*A Carmen qui entre par la porte du pan coupé, à gauche.*) Le marquis est parti?

CARMEN.

Oui... Julie vient de le reconduire.

JENNY, remarquant la croix d'or de Madeleine que Carmen a au cou.

Tiens, depuis quand donc portes-tu des croix à la Jeannette?

CARMEN, riant.

Ah! oui... pour rien... c'est une idée...

MARIETTE.

Mesdames, une partie de bezig?

JENNY.

J'accepte. (*Mariette et Jenny vont s'asseoir au guéridon et se mettent à jouer aux cartes. — Carmen s'assied sur le sofa. — Berthe reste debout derrière le guéridon et regarde jouer.*)

JULIETTE, qui a été prendre une tapisserie et un écheveau de laine sur la toilette.

Moi, je vais travailler là... (*Elle s'assied sur le petit tabouret aux pieds de Carmen.*)

SCÈNE XV.

JENNY, BERTHE, MARIETTE, JACQUES, CARMEN, JULIETTE.

JACQUES, montrant sa tête à la porte du fond.

Mam'selle Carmen, s'il vous plaît? (*Il a son bâton de voyage.*)

CARMEN.

C'est moi! (*Jacques entre. — A part.*) Encore un paysan!

MARIETTE, bas à Jenny.

Ah çà, est-ce que nous jouons François le Champi?

JACQUES, descendant la scène.

Enfin, vous v'là donc, mam'selle! Ah! v'là assez longtemps que j'cours après vous!

(*Il s'essuie le front.*)

CARMEN.

Et que voulez-vous de moi, monsieur... que je ne connais pas?...

JACQUES.

J'veux vous dire d'abord que j'suis têtu, et que je m'suis mis là quelque chose dans la tête... c'est d'ramener Georges...

CARMEN.

Vraiment?

JACQUES.

Mais oui!

CARMEN.

Vous avez du malheur... Il sort d'ici. Voulez-vous prendre quelque chose?...

JACQUES, s'asseoit.

Moi?... (*Changeant de ton.*) Au fait, j'prendrais bien un verre de vin.

CARMEN.

Berthe, va donc chercher une bouteille de bordeaux pour monsieur, qui va me faire une scène.

(*Berthe sort par le fond.*)

JACQUES.

Une scène!... Oh! non pas! je n'veux point vous faire de scène. Vous avez des boudeurs, vous avez des meubles, vous avez des tapis, vous vivez comme des princesses... Mais c'est pas Georges qui payera la note. (*Berthe rentre par le fond avec une bouteille de bordeaux et un verre, et vient se placer à la gauche de Jacques.*) Il me le faut, je le veux, quand j'devrais l'emporter sur mes épaules, il me l'faut, je m'installe chez vous! Georges, ou je ne sors pas d'ici! (*Berthe, qui a versé du vin dans le verre, le présente à Jacques, qui le prend.*) Merci, mam'selle... (*Il boit.*)

CARMEN.

Comment le trouvez-vous?

JACQUES.

Oh! n'plaisantez point. (*Rendant le verre à Berthe.*) Il est bon. (*Berthe passe à gauche et va se replacer derrière le guéridon, sur lequel elle pose le verre et la bouteille. — A Carmen.*) Vous ne voulez pas m'répondre, parce que mes habits n'sont pas braves comme ceux d'Paris, parce que j'ai à la main un bâton de voyage au lieu d'une badine. Mais faut pas détourner la tête d'moi... Jacques Kerl-bac, le fermier de Paimpol, est aussi riche que vos ferluquets d'Parisiens, qui font les jolis cœurs au jardin Mabille... (*Il fait sonner de l'argent dans ses poches.*) Tenez, en v'là de l'argent! (*Il montre un sac d'écus qu'il a dans la poche de côté de sa redingote.*) En v'là encore d'l'argent!... J'pourrais faire le coq tout comme un autre avec mes vingt-cinq mille livres de rente!...

(*A ce mot, les femmes se retournent vers lui par un mouvement égal et spontané. — L'orchestre exécute en sourdine le refrain de l'air des pièces d'or dans les Filles de marbre.*)

LES FEMMES.

Hein?...

JACQUES.

Ah! ah!... vous me reluquez à c'tte heure!... (*Berthe se hâte de verser un nouveau verre de bordeaux et s'approche de Jacques, en gardant la bouteille à sa main.*)

CARMEN, riant.

Il est drôle, ce petit!... Amusez-vous, mesdames... je vous le prête!...

JACQUES, à lui-même.

Qu'est-c' qu'elle prête?...

BERTHE, gracieusement, en présentant le verre de bordeaux à Jacques.

Un verre de bordeaux, monsieur Jacques?...

JACQUES, prenant le verre.

Comment donc, mam'selle... (*Il boit. — A lui-même.*) Qu'est-c'qu'elle prête?...

(*Il rend le verre à Berthe, qui va se placer derrière le sofa, à la droite de Carmen, en gardant toujours le verre et la bouteille à la main.*)

JULIETTE, qui vient de jeter exprès son écheveau de laine par terre à ses pieds.

Monsieur Jacques... seriez-vous assez bon pour me ramasser ma laine qui est tombée à mes pieds?

JACQUES.

Vos' laine?... Ah bon... faut qu' vous soyez fièrement paresseuse! vous pouvez ben la ramasser vous-même!...

JULIETTE, d'un air aimable.

Ah!... vous n'êtes pas galant!...

JACQUES, à lui-même.

Au fait, faut être poli. (*Il se baisse pour ramasser la laine; Juliette relève un peu sa robe, pour découvrir son pied. — Haut.*) La v'là, vot'laine... (*A part.*) Tiens... elle a un joli pied tout d'même...

(*Il rend l'écheveau de laine à Juliette, qui se remet à travailler.*)

MARIETTE, tout en jouant aux cartes avec Jenny.

Monsieur Jacques... venez donc me conseiller...

JACQUES, qui est revenu au milieu.

Oh!... je n' sais pas jouer...

MARIETTE.

C'est égal... je vous conseillerai ce qu'il faudra me conseiller. (*Jacques s'approche. — Se penchant sur son fauteuil.*) Voyez-vous... je vais couper le dix avec l'as...

JACQUES, répétant machinalement.

Avec l'as...

MARIETTE.

Ça me fera deux brisques...

JACQUES, de même.

Ça vous fera deux brins, à vous!... (À part.) Comme elle vous a une paire d'yeux, c'te petite-là!...

CARMEN, qui a pris le verre des mains de Berthe.

Encore un verre, monsieur Jacques?...

(Berthe prend une chaise à droite et la place près du sofa.)

JACQUES, s'approchant lentement de Carmen.

Ah! j' comprends ben la tentation...

CARMEN, à Berthe, soutenant le verre.

Verse, petite.

(Berthe verse du bordeaux dans le verre.)

JACQUES, s'approchant toujours.

Seulement... voyez-vous... Georges... faut pas... parce que... c'est du pays... (S'asseyant sur la chaise que Berthe a mise à côté du sofa.) Enfin... suffit...

CARMEN, lui présentant le verre.

Prenez donc... (Jacques hésite.) Allons...

JACQUES, se décidant.

Voilà!... (Il prend le verre.—À part.) Elle a une jolie main, c'te gaillarde-là... (Il boit, puis, après avoir rendu le verre à Carmen.) Oh! qu'oui... qu'elle a une jolie main!...

(Carmen remet le verre à Berthe, qui le pose, ainsi que la bouteille, sur la toilette, et revient à sa place, derrière le sofa.)

MARIETTE.

Faut s'amuser dans la vie, monsieur Jacques!...

JACQUES.

Vous croyez?...

MARIETTE.

Faut rire!...

JACQUES, se montant peu à peu.

Ah! oui!...

MARIETTE.

Faut boire!...

JACQUES.

Ah! oui!...

MARIETTE.

Faut chanter!...

JACQUES.

Oh! pour c' qui est d' chanter, c'est pas ça qui m'embarrasse!...

CARMEN, riant.

Monsieur est musicien?...

JACQUES.

Moi?... J' suis un vrai pinson, quand j' suis mis en train... et à la danse, donc!... Quoiqu'on dit un sapristi!... c'est là qu'i' faut m' voir tortiller!... et allez donc?...

Air de M. J. Norgeot.

Eh! allez donc!
En avant le rigodon!
Chaque garçon sauvage...
Eh! allez donc!
En avant le rigodon!...
Car chez nous la plus sage
Dit, en voyant cette invitation ;

(Il se lève ; Berthe remet la chaise en place, et va reprendre sa première position derrière le guéridon.)

« Ah! qu'il est bien! »...
« Qu'il est bien, (bis.) le coq du village!... »
Eh! allez donc!
On, on, on, on!...
En avant le rigodon!　}　[4 fois]
On, on, on on!

(Mariette, Carmen et Juliette se lèvent et viennent auprès de Jacques, — Jenny et Berthe restent à leurs places.)

Les fillettes de mon endroit
Me r'luquent le soir à la danse...
Je m' donne des airs... je marche droit...
Puis, en avant deux je m'élance...
Et chaque fillette
Voudrait, je crois,
Danser avec moi,
Au son d' la musette!

(Il pousse Carmen légèrement du coude.)

CARMEN, riant.

Ah! malin!...

JACQUES, d'un air protecteur.

Mais oui!... mais oui! (Reprenant faix.)

Eh! allez donc!
En avant le rigodon! etc.

JENNY, renversée sur son fauteuil.

Bah! il faut que jeunesse se passe!

(Mariette est venue se rasseoir à sa première place et Juliette va elle se mettre derrière le sofa, sur lequel elle s'appuie. — Carmen reste seule près de Jacques.)

JACQUES.

Mais oui!

CARMEN.

Et la jeunesse, ça dure toute la vie.

JACQUES.

Mais oui!... vous avez p't-être ben raison!... seulement... voyez-vous... Georges... faut pas... parce que... mais moi... moi j'suis mon maître... (tapant sur son sac) j'suis riche... je n'dépends d'personne... de personne... j'suis libre!...

(À ce moment, une voix dans la coulisse chante doucement l'air : Clochettes du village, que chantait Madeleine au premier acte. — C'est la voix de Satan. — Jacques, en entendant, tressaille par frisson... l'air au même temps que la voix ; puis sa physionomie change peu à peu d'expression ; et tout troublé, il laisse échapper son bâton de sa main.)

LA VOIX, au dehors.

» Sonnez, clochettes du village,
» Nous mettrons nos plus beaux habits ;
» Car c'est demain fête au pays,
» Et nous danserons sous l'ombrage.
» Sonnez, (bis) clochettes du village! »

(Aux premières notes de ce chant, Carmen tombée est allée se rasseoir sur le sofa ; Juliette a été pousser le pène de la porte du pan coupé à droite, et de nouveau, Berthe est venue près de la porte du fond, écoutant de même. — Toutes trois expriment la surprise et l'attention.)

JACQUES, à lui-même, pendant que l'air continue à l'orchestre jusqu'à sa sortie.

Non... je ne suis pas libre!... cette chanson... c'est le souvenir de Madeleine, qui me rappelle mon devoir... de Madeleine, qui m'a dit de quitter Georges, son fiancé!... eh! oui, ma sœur... (ramassant son bâton) je reprends le bâton de voyage... je saurai où est Georges... et je sauverai sa fortune et son honneur!... (Aux femmes, en ramassant.) Bonsoir, les belles de nuit!... J'en ai assez d'vot' Paris, d'vos lumières, d'vot' bruit, d'vot' macadam et d'vos fleurs... j'ai besoin d'air!... j'ai besoin d'embrasser des honnêtes gens!...

(Il sort vivement par le fond.)

SCÈNE XVI.

JENNY, MARIETTE, BERTHE, JULIETTE, CARMEN, puis JULIE.

LES FEMMES, riant et criant.

Bonsoir, monsieur Jacques! (Juliette va rejoindre les autres femmes.)

MARIETTE, criant du côté de la porte du fond.

Bien des choses à vos poules!

JULIE, entrant par la première porte de droite et s'approchant de Carmen.

Madame...

CARMEN.

Julie... c'est vous qui chantiez là, tout à l'heure... cet air breton?

JULIE, embarrassée.

Moi?... oui,.. oui... madame...

CARMEN.

Je vous défends de chanter autre chose que l'air de Périnette... vous m'entendez?

JULIE.

Oui, madame...

CARMEN.

Vous le savez?...

JULIE.

Non, madame...

CARMEN.

Eh bien! apprenez-le.

JULIE.

C'est bien, madame... Madame, quelqu'un vient de monter par l'escalier de service...

CARMEN, *avec éclat.*

Encore un paysan !... je n'y suis pas... qu'on le jette par la fenêtre !...

JULIE.

Non, madame... (*baissant la voix*) c'est un vieux monsieur... il dit comme ça, qu'il est la personne de la rue d'Amsterdam...

(Elle se retire au fond, à droite.)

CARMEN, *se levant, à part.*

Jacobus !... Jacobus chez moi !... l'imprudent !... (*Haut, et venant au milieu, tandis que Bertha et Juliette descendent à sa gauche.*) Mes chères bonnes... une visite... vous comprenez...

MARIETTE, *se levant, ainsi que Jenny, et venant à Carmen.*

Mes...nous vive la porte... Mesdames, qui m'aime me suive ! Au Moulin rouge !...

TOUTES, *excepté Carmen.*

Au Moulin rouge !

ENSEMBLE.

Air de Fifine.

Fla, tin, tin, tin,
Des honnêtes filles,
Tin, tin, tin, tin,
Toujours en train,
Tin, tin, tin, tin,
Toujours gentilles,
Tin, tin, tin, tin,
C'est le refrain !...

(Mariette, Jenny, Juliette et Bertha sortent gaîment par le fond. — On les accompagne jusqu'à la porte. — Musique à l'orchestre jusqu'au baisser du rideau.)

SCÈNE XVII.

CARMEN, JULIE, *puis* JACOBUS; *et à la fin* SATAN.

CARMEN, *après s'être assurée qu'on ne peut plus l'entendre, et avoir fermé la porte du fond.*

Faites entrer.

(Scène muette. Julie est à la première porte à droite, fait un signe au dehors, et ensuite on voit entrer Jacobus. — Julie sort par la même porte qu'il a rentrée. Jacobus est un petit vieillard vêtu de noir, chapeau à larges bords, lunettes, allure de loup. — En voyant Carmen, il salue jusqu'à terre. — Carmen lui montre du doigt le guéridon, et va causer à la porte du fond. — Jacobus traverse le théâtre, sa sacoche près du guéridon, à gauche, et puis son chapeau par terre entre ses jambes. — Carmen s'est alors assise en face de lui. — A ce moment, Satan soulève le portière de la porte du mi-scène, à droite, et s'avance en observant. Jacobus tire de sa poche un vieux portefeuille, dans lequel il prend des billets de banque, qu'il étale sur le guéridon aux yeux de Carmen, qui les contemple avec avidité.)

SATAN, *à part.*

Enfin, je vais donc connaître le secret de Carmen, la bonne fille !...

(Il prête l'oreille. — Carmen compte les billets. — Au moment où Jacobus ouvre la bouche pour parler, la toile tombe.)

ACTE IV.

UN NID DE VAUTOURS.

Le théâtre est divisé en deux compartiments. — Le premier compartiment, à gauche, occupe les trois quarts du théâtre; c'est chez Jacobus. — Deux portes au fond: celle de gauche, conduisant à l'extérieur, et celle de droite à l'intérieur. — A gauche, sur le devant, placé en travers, un bureau avec cartons, casiers, une sonnette, papiers, plumes et encre, registres, etc. Une lampe avec un globe et un abat-jour brûle sur ce bureau. — Au deuxième plan, à gauche, une cheminée surmontée d'une glace. — Pendule sur la cheminée. — Chaises. — Un petit canapé au fond, entre les deux portes. — A la porte de fond, à gauche, il y a un petit guichet. — Le deuxième compartiment, à droite, qui n'occupe qu'un tiers du théâtre, est un petit cabinet d'hôtel garni. — Au fond, une seconde cheminée surmontée d'une glace. — A gauche, adossée au mur de séparation, une table. — A droite, un grand fauteuil. — Une autre chaise entre la table et la cheminée. — Deux portes: l'une au premier plan, à droite, conduisant à un autre cabinet; l'autre au deuxième plan, du même côté, donnant sur l'escalier. — Une bougie allumée sur la table. — Une porte de communication, dont la serrure est du côté droit, existe au premier plan, dans le mur qui sépare les deux compartiments.

SCÈNE I.

Un Homme, *à gauche,* JOSEPH *et* JACQUES, *à droite.*

(Au lever du rideau, un homme, dans le compartiment de gauche, est assis au bureau et travaille, le dos presque tourné au public, de manière à ce qu'on ne puisse voir son visage. — Dans le compartiment de droite, Jacques, assis dans le grand fauteuil à droite, fume sa pipe. — Joseph, garçon d'hôtel, est occupé à faire sa malle, qui est à terre.)

JACQUES, *assis.*

À quelle heure les départs ?

JOSEPH.

À onze heures trente-cinq... et une heure trente-cinq du matin...

JACQUES.

Je partirai à onze heures... Combien qu'il faut de temps pour aller au chemin de fer d'Orléans ?...

JOSEPH.

Trois bons quarts d'heure... Comme ça, monsieur a assez de Paris ?...

JACQUES.

J'en ai même d'trop !... cré tonnerre !... la vilaine ville !... Des femmes, que vous ne connaissez point, et qui vous font des agaceries !... des filous qui reluquent vos breloques !... un tas de monde, qui va, qui vient, qui vous pousse !... Oh! j'aime ben mieux Paimpol... et j'y retourne.

JOSEPH.

Vous avez eu bon nez tout de même de descendre dans cet hôtel... l'hôtel de la Paix.

JACQUES.

Ah! oui!... avec ça qu'il est tranquille votre hôtel de la Paix!... Je n'sais pas c'qu'ils font à côté, mais ils sont un peu turbulents, les voisins!... Tous les soirs, sur le coup de huit heures, c'est un tapage... j'les entends bougonner un tas d'choses auxquelles je n'comprends goutte et qui m'empêchent de dormir!... (*Montrant la porte de communication.*) Pourquoi diable a-t-on percé c'te porte aussi ?...

JOSEPH.

Monsieur... je vas vous dire... autrefois les deux maisons appartenaient au même propriétaire... (*Montrant l'autre compartiment.*) C'était là son logement... et par cette porte, il allait et venait, cet homme, pour surveiller ses locataires!

JACQUES, *qui a tiré sa blague de sa poche, se levant.*

Bon! v'là que j'n'ai plus d'tabac!

JOSEPH, *vivement, et lui en donnant un petit paquet, qu'il prend dans la poche de son tablier.*

Monsieur, voilà un paquet de deux sous.

JACQUES, *le payant.*

Tiens... les v'là, tes deux sous!... (*Il se rassied.*)

JOSEPH.

Monsieur, c'est encore un son.

JACQUES, *qui était en train de bourrer sa pipe.*

Plaît-il ?

JOSEPH.

Un paquet de deux sous... c'est trois sous... c'est comme les petits pains d'un sou... un petit pain d'un sou, deux sous... c'est connu, ça !

JACQUES.

Ah !... tiens, le v'là, ton sou. (*Il paye.*)

JOSEPH, *tirant un papier de sa poche.*

Pendant que j'y suis, je vais donner à monsieur la petite note du mois. (*Il lui remet le papier.*)

JACQUES.

Ah ! ouài... (*Parcourant la note.*) Comment !... mais on s'est trompé.

JOSEPH, *qui s'est remis à faire la malle.*

Non, monsieur, n'y a pas d'erreur... j'ai vérifié.

JACQUES, *s'exclamant.*

Quarante francs ce cabinet !... c'était vingt francs le mois dernier.

JOSEPH.

Monsieur... je vas vous dire... c'est que dans ce moment-ci on augmente un peu les loyers... Les chambres de vingt francs, c'est quarante francs maintenant.

JACQUES.
Et pourquoi ça?...

JOSEPH.
Monsieur... parce que les affaires vont bien... là... voilà votre valise qui est faite.

JACQUES.
Mets-la dans un coin... (*Joseph la met sur la commode.*) Bien.

JOSEPH.
Faudra-t-il aller chercher une voiture à monsieur, pour le conduire à l'embarcadère?

JACQUES, *se levant, et passant à gauche.*
Oui... une voiture de vingt-cinq sous... (*Se retournant.*) Ah! dis donc, combien qu'c'est à Paris, les voitures de vingt-cinq sous?...

JOSEPH.
Monsieur plaisante... les voitures de vingt-cinq sous, c'est vingt-sept sous.

JACQUES.
Hein?...

JOSEPH.
Avec le pour boire du cocher. (*À part.*) Ah çà, d'où sort-il, ce paysan-là? il ne sait donc rien. (*Il va pour sortir.*)

JACQUES.
Attends... j' vas t' payer ta note. (*Tirant son sac de sa poche et comptant l'argent sur la table.*) Soixante francs!... n'y a pas moyen d' rabattre quelqu' chose?...

JOSEPH.
Oh! non, monsieur!

JACQUES.
Une pièce de cent sous?...

JOSEPH.
Impossible, monsieur.

JACQUES.
Crédieune! la vilaine ville!... allons... (*Lui présentant l'argent.*) Les v'là tes soixante francs. (*Par réflexion.*) C't' note est acquittée?... (*Il la regarde.*)

JOSEPH.
Oui, monsieur...

JACQUES, *lui donnant l'argent.*
C'est donc fini... je n' dois plus rien?... (*Il remet son sac dans sa poche et serre la note dans son portefeuille.*)

JOSEPH, *d'un air aimable.*
Monsieur n'oubliera pas le petit pour boire du garçon?...

JACQUES.
Encore!... (*Fouillant à sa poche et lui donnant une pièce de monnaie.*) Allons... tiens, clampin, v'là un sou... es-tu content?

JOSEPH.
Ma foi, pas trop, monsieur...

JACQUES.
Eh ben!... qu'est-ce qu'il te faut encore?... Veux-tu mon chapeau, ma redingote, ma chemise?...

JOSEPH, *riant.*
Oh! monsieur plaisante... J'irai chercher la voiture sur les dix heures. (*Il va pour sortir.*)

JACQUES.
Oui... attends... quelle heure est-il?... (*Il consulte sa montre.*) Huit heures bientôt... j'ai encore plus de deux heures à moi... j' vas aller fumer une pipe dans la rue, en regardant les boutiques.

JOSEPH, *allant prendre la bougie sur la table.*
Je vais éclairer monsieur. (*Il va ouvrir la deuxième porte à droite.*)

JACQUES.
Dis donc, ça ne coûte rien à Paris pour regarder les boutiques?...

JOSEPH.
Pardon... quelquefois, ça coûte le mouchoir et la montre.

JACQUES, *renfonçant sa chaîne de montre.*
Ah! le mouchoir et... Crédieune! la vilaine ville!...

(*Joseph sort le premier par la deuxième porte à droite. Jacques le suit en bougonnant. — Nuit dans le compartiment de droite. — À ce moment, l'homme qui travaillait au bureau, dans le compartiment de gauche, relève la tête. C'est Jacobus.*)

SCÈNE II.

JACOBUS, *seul, parcourant des dossiers.*

Dossier Durand!... bon! Répondre à monsieur Dumarc, que nous refusons... ces biens sont grevés d'hypothèques... c'est un homme fini... Écrire à l'huissier pour l'affaire de Beaucouy... (*Reculant les dossiers sur le bureau.*) Allons, allons, je n'ai pas perdu ma journée... (*Huit heures sonnent à la pendule.*) Huit heures!... (*Bruit de voix au dehors. Se levant.*) Ah! voilà les amis qui arrivent.
(*Il va ouvrir la porte du fond, à gauche. — Entrent alors Grimpart, Minguet, et deux autres usuriers.*)

SCÈNE III.

JACOBUS, GRIMPART, MINGUET, Deux Usuriers. (*Tous ont une mise analogue à celle de Jacobus.*)

TOUS.
Bonjour, Jacobus!...

JACOBUS, *leur distribuant des poignées de main.*
Bonjour, mes enfants... toujours exacts... c'est très-bien... prenez place... (*Les usuriers s'asseyent, en formant le demi-cercle. Jacobus va à son bureau, et agite la sonnette qui est placée dessus; puis il se tourne vers ses confrères, et reste debout, en se servant de sa chaise comme d'une tribune.*) La séance est ouverte. — Messieurs, il y a deux ans, nous avons formé une société philanthropique ayant pour but d'aider ces infortunés jeunes gens, à qui des pères marâtres refusent cent mille francs par an!... Les pères sont des égoïstes, messieurs... ils ne veulent pas que leurs fils boivent du champagne la nuit, et jettent l'argent par les fenêtres, avec ce laisser-aller qui honore la jeunesse parisienne! Mais nous sommes là, messieurs... toujours avec le petit intérêt de quarante-cinq pour cent que nous prenons d'habitude!... (*Marques d'assentiment parmi les usuriers.*) Amis de l'humanité qui s'engraisse, Mécènes généreux de la débine intelligente, nous trouvons en nous-mêmes le prix de nos bonnes actions!...

TOUS.
Très-bien!... très-bien!...

JACOBUS, *prenant un dossier sur son bureau.*
Monsieur Gaston de Givré n'a pas payé.

TOUS.
À Clichy!... à Clichy!...

JACOBUS.
J'ai prévenu vos désirs, messieurs... il est dedans depuis ce matin.
(*Il remet le dossier sur son bureau et se prépare à en prendre un autre, lorsqu'il est interrompu par Grimpart.*)

GRIMPART, *désignant Minguet.*
Jacobus, je vous signale Minguet, que voilà!... Minguet, qui, au mépris de nos engagements, fait des affaires à part!...

MINGUET, *se levant.*
Moi?...
(*Les deux autres usuriers se lèvent.*)

GRIMPART, *à Minguet.*
Oui... vous!... Vous nous faites de la concurrence... vous prêtez à trente-cinq!...

TOUS.
C'est une infamie!...

MINGUET.
C'est faux!...

GRIMPART et les DEUX AUTRES.
C'est vrai!...
(*Tumulte. — On entoure Minguet avec menace. Grimpart a déjà le bras levé sur lui, lorsque Jacobus parvient, non sans beaucoup de peine, à s'interposer.*)

JACOBUS, *se mettant entre Grimpart et Minguet.*
Eh bien! messieurs... qu'est-ce que c'est?... une rixe en ces lieux... dans une société d'honnêtes gens!... Si on nous voyait, on nous prendrait pour de la canaille!

TOUS, *se calmant,*
Il a raison. (*On frappe à la porte du fond, à gauche. Tous s'arrêtent interdits, et prêtent l'oreille.*) Hem?...

GRIMPART.
On a frappé!...

JACOBUS.
Eh! c'est l'ami Garnier qui est en retard.
(*Il va ouvrir. — Les autres remettent leurs chaises en place. — Satan paraît dans une mise très-élégante.*)

SCÈNE IV.

LES MINES, SATAN.

SATAN, *entrant.*

Bonjour, messieurs.

(Jacobus referme la porte.)

TOUS, *surpris.*

Qu'est-ce que c'est que ça ?...

JACOBUS, *à Satan.*

Monsieur... pourriez-vous nous dire ?...

SATAN.

Qui je suis ?... un des vôtres... un jeune vautour plein d'espérance... et qui ne demande qu'à voler.

TOUS.

Hein ?...

JACOBUS.

Monsieur... cette plaisanterie...

SATAN.

Je ne plaisante jamais !...

JACOBUS, *un peu inquiet.*

Monsieur... nous ne sommes pas ce que vous croyez...

SATAN.

Vous n'êtes pas des coquins ?...

JACOBUS, *vivement.*

Si ! (*se reprenant*) c'est-à-dire, non... Nous sommes des faiseurs d'affaires, de simples agents.

SATAN.

Allons donc !... vous êtes des usuriers, mes très-chers... des vautours... mais vous n'entendez rien à votre métier.

TOUS.

Comment?

SATAN.

Vous êtes des Gobsek de bas étage; vous prêtez à la petite semaine; vous dînez à vingt-deux sous et vous avez les mains sales. De nos jours, Gobsek s'habille chez Humann, fait trois repas au café de Paris, et donne cent sous au garçon. De nos jours, on rencontre Gobsek à Tortoni ; il y fume des londrès et prend des glaces à ses clients... Vous êtes de l'ancienne école, vous autres, et moi de la nouvelle... voilà tout. Vous continuez Harpagon... vous manquez de linge et vous avez des chapeaux gras... Ah! fi! pouah! allons donc!... changez-moi tout ça... vous pourrez voler, messieurs, mais, que diable ! il faut montrer des gants !

TOUS.

Mais...

SATAN.

Vous prêtez à quarante-cinq... moi, je prête à soixante-dix... voilà !

TOUS, *avec admiration.*

A soixante-dix !...

SATAN.

Ça vous étonne ? je vais vous étonner bien davantage... Je viens vous proposer une affaire... (*Tous se rapprochent de lui.*) Une affaire, avec deux cent cinquante pour cent de bénéfice.

JACOBUS, *avec empressement.*

Donnez-vous donc la peine de vous asseoir.

(Chacun lui apporte vivement une chaise. Il s'assied sur celle que lui présente Jacobus.)

SATAN, *assis.*

Asseyez-vous, messieurs... je vous en donne la permission. (*Ils s'asseyent ; Jacobus tout près de lui.*) Vous saurez que l'on vient de mettre en vente, en Bretagne, la propriété de Kerven... Monsieur Georges de Kerven a beaucoup dépensé... La propriété est située à Paimpol, dans le Finistère... (*Tirant un papier de sa poche.*) Voici, du reste, le plan que je me suis procuré... (*Il le donne à Jacobus, qui l'examine pendant ce qui suit.*) La mise à prix sera forcément de cent mille francs, au moins... et les enchères pourront monter à trois cent mille. — L'important serait donc de traiter immédiatement avec monsieur Georges de Kerven... Il aurait besoin, pour réparer des pertes à la Bourse, de cinquante mille francs. — Pour cette somme, messieurs, nous pourrions avoir la propriété. Pour cette somme, nous gagnons un deux cent cinquante mille francs !

(Il se lève.)

TOUS, *se levant aussi.*

Oh !...

(Ils remettent les chaises en place et vont entourer Jacobus, qui leur montre le plan.)

SATAN, *passant à droite.*

C'est donc un appel de fonds, messieurs, que j'ai l'honneur de vous faire.

GRIMPART, *regardant le plan.*

C'est superbe!... je vois... je vois... la terre... c'est ce qu'il y a de mieux.

MINGUET,

C'est le meilleur placement.

TOUS.

Oui !... oui !...

GRIMPART.

Mes enfants, demain, ici, à midi !

TOUS.

A midi !...

GRIMPART, *passant près de Satan.*

Adieu, jeune homme... vous irez loin... vous entendez les affaires... vous avez du flaire...

SATAN, *à part, consultant sa montre.*

Bientôt neuf heures !

(Jacobus, qui examinait encore le plan tout seul, le met sur son bureau.)

GRIMPART, *aux autres usuriers.*

A demain !

TOUS.

A demain !

(Musique à l'orchestre. — Grimpart, Minguet et les deux usuriers sortent par la porte du fond, à gauche. — Jacobus les reconduit jusqu'à la porte. — Satan est assis près du bureau.)

SCÈNE V.

SATAN, JACOBUS.

JACOBUS, *redescendant, après avoir fermé la porte, aspirant fortement une prise de tabac et s'approchant en riant de Satan, qui n'a pas l'air de faire attention à lui.*

Hé ! hé ! hé ! hé !... Vous n'êtes pas fort, mon petit jeune homme !... vous n'êtes pas fort...

SATAN, *tournant négligemment la tête vers lui.*

Vous croyez ?... et pourquoi ?...

JACOBUS.

L'affaire est superbe !... fallait donc la garder pour nous deux.

SATAN, *riant.*

Bah ! mais ces gens-là sont vos amis.

JACOBUS.

Eux? mes amis... ces misérables-là !... je n'ai qu'un ami au monde... c'est moi !

SATAN.

Ma foi, mon cher, il est facile de dire à ces braves gens que l'affaire ne tient plus... Gardons-la pour nous. — Avez-vous un bailleur de fonds?...

JACOBUS, *mystérieusement.*

J'ai un bailleur de fonds.

SATAN.

Une personne sûre?

JACOBUS.

Une personne... très-sûre.

SATAN, *vivement.*

Qui se nomme?

JACOBUS, *mystérieusement, après avoir regardé autour de lui.*

Elle se nomme pas.

SATAN.

Ah !... (*Après un silence.*) Et vous croyez que la personne ferait les fonds?

JACOBUS.

Je l'y déciderai.

SATAN, *reprenant le plan sur le bureau.*

Affaire d'or, mon cher !...

JACOBUS, *examinant le plan que lui tend Satan.*

On peut diviser le terrain et vendre par lots.

SATAN.

Évidemment.

JACOBUS, *joyeux.*

Hé! hé! hé! hé! quelle affaire, petit!... quelle affaire ! (*Désignant un endroit sur le plan.*) J'abattrai la maison qui ne rapporte rien. La terre, c'est comme l'argent, mon fils, il faut que ça rapporte... (*Il gagne la droite en se frottant les mains.*)

SATAN, *remettant le plan sur le bureau et se levant.*

Vous avez raison. (*Se rapprochant de lui.*) Vous êtes un vieux renard, vous!

JACQUES, *riant.*

Hé! hé! hé! hé!

SATAN, *lui tapant sur l'épaule.*

Ça n'est pas facile de vous tromper.

JACQUES.

Non. Qu'on y vienne!... qu'on y vienne!

SATAN.

Ah! ah!

JACQUES.

Dis donc, mon fils, j'ai là une bonne bouteille de fin cognac... Qu'en dis-tu? brio?...

SATAN.

Allons, ça va!...

JACQUES.

Attends-moi... je reviens... (*Musique à l'orchestre. Il remonte, et arrivé près de la porte du fond à droite, il se retourne vers Satan.*) Attends-moi!... (*Il sort.*)

SATAN, *tirant sa montre.*

Neuf heures! (*Allant entr'ouvrir la porte du fond à gauche.*) J'entends marcher dans l'escalier... ce sont eux! (*Il ferme la porte tout contre et vient vivement s'asseoir près du bureau. A ce moment, on frappe au fond. — Sans se déranger.*) Entrez!... (*Il est placé de manière à ce qu'on ne puisse voir son visage et feint de travailler.*)

SCÈNE VI.

SATAN, GEORGES, CHABANAIS.

GEORGES, *entrant avec Chabanais par la porte du fond, à gauche.*
Monsieur Jacobus?

SATAN, *qui leur tourne le dos, déguisant sa voix.*
Il va venir, veuillez l'attendre.

CHABANAIS.

Attendons.

(*Georges et Chabanais descendent la scène.*)

GEORGES, *à Chabanais.*

C'est décidément une curieuse aventure que la nôtre!

CHABANAIS.

Tu as voulu venir... tant pis pour toi! C'est peut-être un piège qui nous attend.

GEORGES.

Allons donc! (*Tirant une lettre de sa poche.*) Mais comment expliquer cette lettre? (*L'ouvrant et lisant:*) « Avez-vous besoin « d'argent? Venez ce soir, à neuf heures très-précises, rue « d'Amsterdam, chez monsieur Jacobus; vous lui direz que « vous vous appelez Albert Dumont. »

CHABANAIS.

Et pour toute signature?...

GEORGES.

« Un ami. » (*Il remet la lettre dans sa poche.*)

CHABANAIS.

« Avez-vous besoin d'argent?» Je le crois, fichtre, bien, que que nous avons besoin d'argent!... surtout après les folles dépenses que tu as faites pour Carmen!...

GEORGES.

Et j'ai souscrit cette fatale lettre de change...

CHABANAIS, *avec un soupir.*

De dix mille francs!...

GEORGES.

C'est demain l'échéance, et si je n'ai pas cet argent... (*Remontant et passant à droite.*) Mais je verrai mes amis!...

CHABANAIS.

Oh! les amis!... c'est comme les fiacres!... quand il pleut, on n'en trouve pas!

GEORGES.

Et puis, j'ai d'autres ressources!...

CHABANAIS.

Lesquelles?... Entre nous, tu as déjà mis pas mal au mont-de-piété!

GEORGES, *avec impatience.*

Hé!... le mont-de-piété!...

CHABANAIS.

N'en dis pas de mal... Le mont-de-piété, c'est le temple de la reconnaissance!...

GEORGES.

Eh bien! je vendrai ma terre, et alors...

CHABANAIS.

Ça nous fera bouloter quelque temps... Mais je te conseille de te méfier des usuriers. Quand je pense qu'il y a trois jours je vais chez un de ces carotteurs pour emprunter mille francs! Il me donne quatre cents francs comptant, un cheval et un paletot et pour cinq cents francs de fournitures... Qu'est-ce que je vais faire de tout ça?

GEORGES, *riant.*

Ce pauvre Chabanais! (*Il remonte vers la gauche.*)

CHABANAIS.

Il n'y aura jamais assez de singes en France pour toutes mes fournitures... il faudra en faire venir de l'étranger.

GEORGES.

Après tout, ce Jacobus sera peut-être plus accommodant!...

SATAN, *se levant et se tournant vers eux.*

Bonjour, Georges!...

GEORGES et CHABANAIS, *surpris.*

Satan!...

SATAN, *froidement.*

Comment se porte mademoiselle Carmen?...

GEORGES.

Ah! je m'explique tout!... (*Tirant sa lettre de sa poche.*) C'est toi qui m'as écrit?...

SATAN.

Moi?... pas le moins du monde!

GEORGES, *s'approchant de lui.*

Comment!... cette lettre...

(*Il la lui montre toute ouverte.*)

SATAN, *jetant un coup d'œil sur la lettre.*

N'est pas de moi, mon cher... je suis ici incognito... et je te prie de ne pas me reconnaître!

(*Il lui tourne le dos.*)

GEORGES.

Soit!...

SCÈNE VII.

LES MÊMES, JACOBUS.

JACOBUS, *rentrant par la porte du fond, à droite, une bouteille sous le bras.*

Voilà la chose!... voilà... (*Apercevant Georges et Chabanais.*) Deux étrangers!... Messieurs, puis-je savoir?...

GEORGES, *le chapeau à la main, ainsi que Chabanais.*

Monsieur Jacobus?...

JACOBUS.

C'est moi, messieurs.

GEORGES, *se couvrant, ainsi que Chabanais.*

J'ai besoin d'argent!... pourrez-vous m'en vendre?...

JACOBUS.

Monsieur, je désirerais, avant savoir... à qui j'ai l'honneur et l'avantage de parler...

GEORGES.

Je me nomme...

SATAN.

Hum!... hum!...

GEORGES, *après avoir jeté un regard sur Satan.*

Albert Dumont...

(*Satan remonte près de la cheminée, sur laquelle il s'accoude.*)

JACOBUS, *montrant Chabanais.*

Et monsieur?...

CHABANAIS.

Je suis son ami.

JACOBUS, *à part et passant à gauche, après avoir regardé Georges et Chabanais.*

Mauvaise affaire!... mauvaise affaire!... (*Haut, et allant à son bureau, sur lequel il dépose sa bouteille.*) L'argent est bien rare, messieurs... pourtant, nous allons causer... Il est si doux d'être utile à la jeunesse... Pauvre jeunesse!... Les pères sont si injustes!... (*S'asseyant devant son bureau.*) Asseyez-vous, messieurs... (*Georges et Chabanais prennent chacun une chaise et s'asseyent.*) Nous disions donc...

GEORGES.

Il me faut dix mille francs demain matin.

JACOBUS.

Dix mille francs!... Peste!... c'est une somme!

SATAN, *toujours près de la cheminée, consultant sa montre, à part.*

Neuf heures et demie !... diable !...

(Il sonne. — Musique à l'orchestre.)

JACOBUS.

Ah! jeunes gens... dix mille francs !... J'ai tout au plus quatre mille francs chez m...!...

CHABANAIS, *bas à Georges.*

Méfie-toi des coulisses...

SATAN, *à part.*

On monte !... *(à voix basse.)* Ah !...

(On frappe trois coups à la porte du fond, à gauche. — Tous les personnages s'arrêtent aussitôt.)

JACOBUS, *à part, avec inquiétude et se levant.*

Qui peut venir à cette heure ?... *(Haut à Georges et à Chabanais.)* Vous permettez, messieurs...

GEORGES et CHABANAIS.

Faites donc !

JACOBUS, *allant à la porte du fond, à gauche, ouvrant le guichet, regardant au dehors et poussant un cri.*

Ah !...

GEORGES et CHABANAIS, *se retournant.*

Quoi ?...

JACOBUS, *revenant.*

Rien !... *(Parlant à travers le guichet.)* Un moment !... un moment !...

(Il referme le guichet.)

SATAN, *à Jacobus.*

Qu'est-ce donc ?

JACOBUS, *bas.*

C'est la personne... vous savez... la personne qui ferait l'affaire... mais je ne puis la recevoir.

SATAN, *bas.*

Recevez-la, au contraire... Je passerai dans votre chambre avec ces messieurs... l'on reporter leur attention... et vous pourrez avoir une décision immédiate.

JACOBUS, *bas.*

C'est vrai... occupez-les... car la personne a le plus grand intérêt à n'être pas connue. C'est... c'est un monsieur très-haut placé...

SATAN, *bas.*

Soyez tranquille... je me charge de tout...

JACOBUS, *à Georges et à Chabanais, en descendant.*

Messieurs, une visite... vous comprenez... *(Georges et Chabanais se lèvent et remettent leurs chaises en place.)* Veuillez prendre la peine d'attendre dans ma chambre... *(Il désigne la porte du fond, à droite, puis passe à gauche.)* Avec mon premier clerc. *(Il montre Satan.)*

CHABANAIS.

Ah! monsieur est ?...

JACOBUS.

Mon premier clerc... Tout à l'heure, nous arrangerons notre petite affaire.

GEORGES, *à Chabanais.*

Allons, viens !...

CHABANAIS, *à part, regardant Satan.*

C'est égal... je suis fâché d'être venu, moi !... *(Georges et Chabanais sortent par la porte du fond, à droite; Satan les suit, après avoir fait du geste une dernière recommandation à Jacobus. — On frappe de nouveau à la porte du fond, à gauche, avec une certaine impatience.)*

JACOBUS.

Voilà! voilà! *(Il va ouvrir; Carmen entre.)*

SCÈNE VIII.

JACOBUS, CARMEN *(coiffée des plus voilées).*

JACOBUS, *presque à voix basse, après avoir refermé la porte.*

Vous ici, madame!...

CARMEN, *levant son voile.*

Ne m'avez-vous pas écrit ?...

JACOBUS.

Moi ?... non !...

CARMEN.

Vous êtes fou !... *(Lui tendant une lettre.)* Tenez... *(Jacobus prend la lettre d'un air étonné. Carmen s'assied à droite.)*

JACOBUS, *lisant la lettre.*

« Madame, soyez à neuf heures et demie très-précises chez « moi... il faut que je vous parle... il s'agit de vos plus graves « intérêts... »

CARMEN.

Et signé ?...

JACOBUS, *atterré.*

« Jacobus... »

CARMEN, *riant.*

Vous voyez bien.

JACOBUS, *à part.*

Quand diable ai-je écrit cette lettre ?...

CARMEN.

De quoi s'agit-il ?

JACOBUS.

Mais, madame... je... je ne sais pas...

CARMEN.

Ah çà, est-ce que vous devenez idiot, Jacobus ?... vous, si lucide d'ordinaire !...

JACOBUS, *à part, regardant la lettre.*

Est-ce que je serais somnambule ? *(Il met la lettre dans sa poche.)*

CARMEN.

Mais laissons cela... Quel est ce monsieur Jules Vernon à qui vous avez prêté ?

JACOBUS.

C'est un artiste, un peintre.

CARMEN.

Un artiste ?... Bon !... alors, il n'a pas payé ?...

JACOBUS.

Non, madame... mais j'ai fait saisir avant hier chez lui...

CARMEN.

Vous l'avez saisi ?... et que disait-il, ce monsieur?

JACOBUS.

Il riait comme un fou !... il dansait la polka devant mes hommes...

CARMEN.

Sont-ils heureux, ces artistes !... On dirait qu'ils ont inventé le même jour la misère et les chansons !...

JACOBUS, *riant.*

C'est, ma foi, vrai !...

CARMEN.

Est-il joli garçon ?...

JACOBUS.

Oui... pas mal !...

CARMEN.

Il faut lui rendre son mobilier... *(Mouvement de Jacobus.)* Vous vous rattraperez sur un autre... Et monsieur le marquis de Sennecey a-t-il payé ?

JACOBUS, *avec hésitation.*

Non, madame... mais...

CARMEN, *le regardant.*

Il vous a attendri... Ah çà, est-ce que, par hasard, vous auriez du cœur, Jacobus ?

JACOBUS, *avec bonhomie.*

Moi... je ne sais pas, madame... je n'ai jamais essayé... — Et vous ?

CARMEN, *se levant.*

Moi ?... *(Après un silence.)* J'en ai eu... oui... quand j'étais une grisette... un jour, j'ai aimé un jeune homme, qui me regardait seulement par... — Puis, comme il arrive quelquefois à Paris, je suis tombée de mon sixième étage dans un coupé... sans me faire de mal... ma mansarde est devenue un boudoir... la grisette est devenue Carmen !... Ah! ce jour-là, le jeune homme sonnait chez moi...

JACOBUS.

Vous l'avez bien reçu, je parie...

CARMEN, *froidement.*

Je l'ai fait mettre à la porte... Ce n'était plus moi qu'il aimait, c'était la Carmen, la femme à la mode !... il m'aimait, parce que l'on m'aimait... parce que j'avais des chevaux dans mon écurie et des diamants à mon cou !... Ce jour-là, Jacobus, j'ai tout compris... j'ai jeté mon cœur par la fenêtre... tant pis pour ceux qui le ramassent !...

JACOBUS.

Et maintenant ?

CARMEN, *avec un soupir et se rasseyant.*

Et maintenant... je suis heureuse!... je ne crois plus à rien... qu'à mon cuisinier et à ma modiste!... Eu une servante de vous, Jacobus, qui sait?... je me venge peut-être.... On dit que les fils de famille se noient chez nous?... c'est leur faute!... Pourquoi vont-ils toujours à la rivière?...

JACOBUS.

C'est, ma foi, vrai!... Cependant, il y en a qui vous aiment...

CARMEN.

Et je ne les aime pas... n'est-il pas vrai?.

JACOBUS.

C'est de l'ingratitude.

CARMEN.

Soit... mais l'ingratitude, c'est l'indépendance du cœur!... c'est un grand philosophe que le monsieur qui a dit ça!...

JACOBUS.

Je vous remercie de vos confidences, madame... car, vraiment, c'est la première fois que vous me parlez avec cette franchise...

CARMEN.

Vous la méritez, Jacobus... vrai, je vous aime bien... je ne vous estime pas, par exemple!...

JACOBUS, *avec indifférence.*

Peuh!...

CARMEN.

Je vous dirai même quelque chose qui va vous faire plaisir... Il n'y a pas d'homme que je méprise autant que vous!... Vrai, si j'avais un père comme vous... je me jetterais à l'eau demain matin!...

JACOBUS, *riant.*

Quelle drôle de petite femme!... Et enfin, que voulez-vous?

CARMEN, *se levant, et avec énergie.*

Ce que je veux?... je veux devenir riche, très-riche... puisque l'or est la vraie puissance... je veux...

JACOBUS.

Eh bien! madame. j'ai une affaire superbe à vous proposer... deux cent cinquante pour cent de bénéfice!...

CARMEN, *vivement.*

Que dites-vous?...

JACOBUS.

Ah!... ça vous fait déjà sourire!... oui, madame, on va dans quelques jours mettre en vente le domaine de Kerven.

CARMEN, *à part.*

De Kerven!...

JACOBUS.

Il faut empêcher la mise à prix. Si vous voulez, je m'entendrai avec l'héritier, monsieur Georges de Kerven.

CARMEN, *à part*

Georges!... oh! jamais! jamais!... (*Musique à l'orchestre.*)

JACOBUS, *désignant son bureau.*

Je vais vous montrer le plan... vous allez voir... c'est une affaire d'or.

(Jacobus va au bureau, sur lequel il étale le plan: Carmen le suit machinalement et s'assied à côté du bureau; puis Jacobus, debout, près d'elle, lui détaille le plan tout bas, pendant ce qui suit.)

SCÈNE IX.

JACOBUS, et CARMEN, à gauche. JACQUES, à droite.

JACQUES, *entrant vivement dans le compartiment, à droite, par la deuxième porte à droite. — Ce côté de la scène est toujours dans l'obscurité.*

Ah! le crédous!... Est-ce que j'avais la berlue?... c'est une vision!... (*Tombant assis sur le fauteuil.*) Ce jeune homme... qui a passé près de moi... tout à l'heure... qui m'a frôlé en passant... c'étaient bien les traits de Geneviève... de c'te sœur, que je ne reverrai jamais!... Et quand j'ai voulu lui parler... disparu!... évanoui!... Ah! je suis fou!... v'là aussi que Paris m'ôte ma raison, à moi! (*Se levant.*) Il est temps que j'm'en aille! avec ça qu'ce doit être bientôt l'heure du départ. (*Cherchant à tâtons sur la commode et sur la table.*) Eh bien! où sont donc les allumettes?

JACOBUS, *à Carmen d'un ton victorieux, et en posant sa main sur le plan.*

A nous, madame, à nous le domaine de Kerven!

JACQUES, *s'arrêtant à ce mot qu'il entend.*

Hein?

CARMEN, *indécise.*

Mais... je ne puis...

JACQUES

On dirait que les voisins parlent de Kerven! (*Il s'approche à tâtons de la porte de communication et prête l'oreille.*)

JACOBUS.

Une terre excellente! (*Désignant plusieurs points sur le plan.*) Mais, voyez vous même, madame... les prés, les herbages, coin des ormes...

JACQUES.

Le coin des ormes, c'est ben ça.

JACQUES.

Le clos Faillis... le bois Plantières...

JACQUES.

Plantières.

JACOBUS.

Deux cent neuf arpens métriques...

JACQUES.

Mais oui, c'est tout à fait ça.

JACOBUS.

Le tout est d'une valeur de trois cent mille francs... mais ce Georges est ruiné.

JACQUES.

Ah! mon Dieu!

JACOBUS.

Et pour quarante mille francs, Kerven est à vous!

JACQUES.

Oh! les gueux!

CARMEN, *hésitant.*

Mais... je n'ai plus d'argent, vous le savez.

JACOBUS.

Vous avez chez vous des valeurs, des diamants... affaire d'or, madame!

CARMEN, *résolument.*

Eh bien! j'achèterai!

(A ce moment, Jacques fait sauter la serrure de la porte de communication, et se précipite dans la chambre à gauche. En même temps, Georges y entre tout d'un coup, par la porte du fond, à droite, et s'arrête au fond, le regard sur Carmen. A cet aspect, Carmen se lève en poussant un cri, ainsi que Jacobus, qui se réfugie près de la porte du fond, à gauche. Tableau.)

SCÈNE X.

CARMEN, JACOBUS, GEORGES, JACQUES; *puis* CHABANAIS, *et à la fin* JOSEPH.

JACQUES, *avec force, après un silence.*

Pardon, monsieur, madame et la compagnie!... je demande les enchères!...

GEORGES, *s'approchant lentement de Carmen.*

Bonjour, Carmen, la bonne fille!...

CARMEN, *atterrée.*

Georges!... (*Elle tombe assise près du bureau.*)

JACQUES, *à Jacobus, qui se trouve alors au fond, devant le petit canapé.*

Vous pouvez vous entendre, mon brave homme... (*Montrant Georges.*) Voilà le propriétaire!...

JACOBUS, *stupéfait, en regardant Georges.*

Lui!... Georges de Kerven!... on m'a trompé!... (*Avec désespoir.*) Mais il n'y a donc plus d'honnêtes gens dans le monde?...

GEORGES, *à Chabanais, qui paraît alors sur le seuil de la porte du fond, à droite.*

Entre donc, Chabanais... (*Chabanais s'avance un peu.*) Allons, j'ouvre les enchères!... A quarante mille francs, Kerven!... Personne ne dit mot?... (*Avec force.*) Adjugé à mademoiselle Carmen!...

CHABANAIS, *surpris.*

Carmen!... (*Il passe près du bureau et examine Carmen, qui cache sa tête dans ses mains, tandis que Georges ne la quitte pas des yeux.*)

JACQUES, *le regard fixé sur Jacobus.*

Enfin!... v'là donc comment qu'c'est fait un usurier!... (*Jacobus s'approche de lui comme pour s'expliquer; Jacques le saisit au collet et le fait pirouetter rudement.*) J'en tiens donc un!...

JACOBUS, *tremblant.*

Monsieur... je suis un vieillard!...

JACQUES, *le repoussant.*

Vous!... allons donc!

Air : *Époux imprudent, fils rebelle.*

Vous... l'usurier qui grugez la jeunesse!...
Vous, le vautour qui volez des enfants!...
Quoi! vous osez invoquer vos vieillesse,
Et vous nous montrez vos cheveux blancs,
Pour mieux voler l' respect des honnêt's gens!
(*Mouvement de Jacobus.*)
Allons, cessez de me parler encore!...
Oui, les vieillards... je les respecte... mais
Il faut se taire et n'invoquer jamais
Un âge que l'on déshonore! (*bis.*)

(*Jacobus remonte et reste au deuxième plan.*)

Mais, Dieu merci! j'suis averti! (*A Georges.*) Georges, tu l'vois, mon gars... v'là l'monde où j'te laisse!... mais, puisque tu l'veux... (*Brusquement.*) Bonsoir!... — Excusez, la compagnie... je n'vous salue pas! (*Il rentre vivement dans le compartiment à droite, et là il trouve Joseph, qui vient de paraître, une bougie à la main, et qui l'attend sur le seuil de la deuxième porte à droite. — Prenant sa calotte sur la commode.*) Allons, lampin, éclaire-moi (*Se retournant vers la chambre de gauche et faisant un pas d'un air menaçant.*) Oh! les gueux!... (*Jacobus referme vivement la porte de communication et s'assied à côté.*) L'odieuse! la vilaine ville!... (*Il sort, précédé de Joseph, qui l'éclaire, par la deuxième porte à droite. Chabanais s'approche de Jacobus, qu'il a l'air de narguer tout bas.*)

SCÈNE XI.

CARMEN, GEORGES, CHABANAIS, JACOBUS; puis SATAN.

CARMEN, *toujours assise, à Georges.*

Monsieur... c'est un piège infâme!

GEORGES, *moitié riant, remarquant la croix d'or de Geneviève, que Carmen a toujours au cou.*

Tiens! vous avez au cou la croix de Madeleine!... que diable ferez-vous de ça?... c'est creux et ça vaut trois francs!... monsieur Jacobus ne vous en donnerait rien... (*Carmen retire vivement la croix de son cou et la tend à Georges, qui la prend.*) A la bonne heure, gardez la croix de diamants des Carmen... vrai, celle-ci vous allait mal!... (*avec force*) c'est la croix des honnêtes filles! (*Il remonte et retrouve au fond Chabanais, qui, depuis un instant, a remonté aussi et l'attend près de la porte de sortie.*)

CARMEN.

Georges!... (*Satan paraît à la porte du fond, à droite.*)

GEORGES, *au fond.*

Adieu, Carmen!... adieu pour toujours!...

JACOBUS, *toujours assis sur le devant à droite, et l'œil morne, à lui-même.*

Demain, je déménage!...

(*Chabanais a ouvert la porte du fond, à gauche, et est déjà sur le palier; Georges est arrêté sur le seuil et regarde d'un air ironique Carmen, qui semble pétrifiée. — Jacobus se désespère, et Satan se jette sur le petit canapé du fond, en riant aux éclats. — Le rideau tombe sur ce tableau.*)

ACTE V.

RUE DE CLICHY, N° ***.

Une cellule de la prison pour dettes, rue de Clichy. — La porte à droite, près du mur du fond. — A gauche, adossé au mur, un lit en fer, dont la tête fait face au public. — A droite, sur le devant, une table, — trois chaises; une à côté du lit à la tête, les deux autres de chaque côté de la table; une redingote et un chapeau sont accrochés au mur du fond à gauche. — Sur les murs sont des dessins et des inscriptions. — Sur le mur de gauche, un dessin représentant une femme en débardeur, tenant un verre de champagne ; on lit au dessus : ICI REPOSE L'INNOCENCE. — Sur le mur du fond sont les inscriptions suivantes: — A gauche, A TOUS LES CŒURS BIEN NÉS CLICHY EST TOUJOURS CHER. — Au milieu, tout en haut, VILLA CLICHY. — Au-dessous (A BAS LES CRÉANCIERS) A BAS CABOCHARD, FILOU! — JACOBUS SERA PENDU! — A côté de cette inscription, un dessin représentant un bonhomme accroché à une potence. — Puis pour dernière ligne : NOI QUE JE M'APPUYE ICI! — Toujours sur le mur du fond, à droite, on lit d'abord : L'ON EST UNE CRUCHE. — Puis, au-dessous : UNE BAISE-GUEUX! — Enfin on voit sur le mur de droite, à côté de la porte, en très-gros caractères : PORTE C. V. V. — Tous ces dessins et inscriptions sont grossièrement faits, comme avec du charbon.

SCÈNE I.

GEORGES, *seul, en costume du matin. — Il est étendu sur le lit, et dort.*

CHŒUR, *en dehors, sans accompagnement d'orchestre.*

Air : *l'artiste.* (*A. Sarget.*)

Amis, chantons,
Rions,
Buvons ;
C'est le plaisir
Qu'il faut saisir;
Il ne peut fuir,
Mieux en prison,
Une chanson
Soit du fond
De ce flacon.

(*Rires et tumulte en dehors. — On entend ouvrir la porte ; le geôlier entre ;*)

SCÈNE II.

GEORGES, *endormi,* LE GEÔLIER ; *puis* CHABANAIS.

LE GEÔLIER, *parlant à la cantonade.*

Vous pouvez entrer, monsieur Chabanais... voici l'heure où les détenus ont le droit de communiquer entre eux...

(*Entre Chabanais : ses vêtements annoncent la plus complète débine. — Il tient sous son bras une souricière et à sa main un livre ouvert. — Le geôlier sort. — Chabanais descend à l'avant-scène et lit avec une grande émotion.*)

CHABANAIS.

« Le corbeau, honteux et confus,
« Jura, mais un peu tard, qu'on ne l'y prendrait plus. »
(*Jetant son livre sur la table, et s'adressant au public.*)

Quelle panne, monsieur!... Quelle débine! (*Montrant sa souricière.*) De toute ma splendeur voilà ce qui me reste... cette souricière!... Elle est le symbole du repentir!...

Air : *Je suis chercheur des ruines.*

Je brillai dix jours à Paris,
De Bréda jusques dans Asnières...
Ah! que j'attrapai de souris!
Il me reste ma souricière,
Voyez cet instrument sans art,
De la vie emblème fidèle,
L'amour est le morceau de lard,
Mais la femme... c'est la ficelle!
(*Il s'assied accablé près de la table, sur laquelle il pose sa souricière.*)

J'ai voulu avoir du chic, monsieur... et maintenant... (*poussant un gros soupir*) ah!... Chevreuil a refusé de me faire l'œil... voilà un tailleur chez qui je ne reprendrai jamais rien!

GEORGES, *rêvant.*

Là! là!... voyez... une mine d'or!... une mine d'or!...

CHABANAIS, *se levant.*

Allons, bon!... voilà l'autre qui se croit en Australie!... va, mon bonhomme, va ton train... découvres-en des mines d'or! moi, cette nuit, j'ai rêvé que je découvrais une mine de créanciers... sans le vouloir!... Je me suis réveillé au moment où monsieur Chevreuil me demandait de l'argent... monsieur Verdier me donnait des coups avec une canne, qu'il m'avait vendue... trop cher! pendant que monsieur Pinaud, mon chapelier, me parlait insolemment... avec sa marchandise sur la tête!

Air : *Le joli rêve que j'ai fait.*

Les vilains rêves que j'ai faits!
Mes créanciers sortaient de terre,
Comm' je manquais de commerce,
Mon tailleur me r'prit mes effets,
Mes pantalons, mes tweeds anglais,
Et mes habits, et mes gilets !
Mon chemisier reprit ses ch'mises...
Mon bottier mes bott's... de qui fait
Que votre serviteur était
Comme un sauvag' des îl's Marquises...
Le vilain rêve que j'ai fait! (*à fois.*)
(*La musique continue à l'orchestre.*)

Ah! ma vieille philosophie m'abandonne !... (*Il se rassied en se mettant à cheval sur sa chaise.*)

GEORGES, *rêvant.*

De l'or!... tenez... là!... là... (*La musique finit par un forte. — Georges se réveille en sursaut.*) Où suis-je?...

CHABANAIS, *se tournant en face de lui.*

Rue de Clichy, mon bonhomme... et à Clichy!... autrement
dit *Clichtdorff!...*

GEORGES, *s'asseyant sur le bord de son lit.*

C'est vrai! ruiné!

CHABANAIS.

Moi... j'ai encore treize sous.

GEORGES, *amèrement.*

Ruiné à ce point, qu'hier, une heure avant notre arrestation,
un vieux mendiant m'a tendu la main... et j'ai passé sans pou-
voir lui faire l'aumône.

CHABANAIS.

Le même vieux mendiant m'a interpellé... je lui ai donné cinq
centimes, en lui disant : « Allez, bonhomme, et ne mendiez
plus! » Puisse cette bonne action me porter bonheur.

GEORGES.

Oui... nous sommes comme l'enfant prodigue...

CHABANAIS, *se levant.*

Ah! je demande le veau gras!... Du veau gras pour un, s'il
vous plaît?...

GEORGES, *se levant aussi.*

Nous avons été fous !... nous avons frappé à la porte du
plaisir...

CHABANAIS.

Et comme il était chez lui, il nous a ouvert... Ah! c'est une
jolie ville que Paris!... On y mène une existence émaillée de
folies, de demoiselles et d'écrevisses bordelaises !... Puis... un
beau matin, que voit-on paraître?... pas mal de billets protestés
qui poudroient et pas mal de lettres de change qui verdoient...
et voilà...

GEORGES.

Puis, un horrible fiacre vous mène à Clichy...

CHABANAIS, *d'un ton tragique.*

Où nous sommes en train de pourrir sur la paille humide des
cachots.

GEORGES.

Pauvre Madeleine !

CHABANAIS.

Infortunée Tronquette!

GEORGES, *allant se rasseoir sur le bord du lit.*

Ah! nous avons été bien coupables!...

CHABANAIS.

C'est-à-dire que, pour des Bretons, nous nous sommes conduits comme des Savoyards !

GEORGES, *avec colère.*

Et tout cela pour une Carmen qui m'a ruiné!...

CHABANAIS, *de même.*

Et tout cela pour une Mariette!... une fille de l'air qui m'a
planté là le jour où je lui ai refusé du melon !...

GEORGES, *se levant subitement.*

Oh! c'en est trop!...

CHABANAIS, *avec éclat.*

Oui!... c'en est trop!...

GEORGES, *allant à lui et lui serrant énergiquement la main.*

Chabanais! il faut en finir avec la vie!...

CHABANAIS, *dégageant vivement sa main.*

Ah! non!... ah! non!... (*Passant à gauche.*) Oh! comme elle
est mauvaise, celle-là !...

GEORGES.

Que faire, alors?...

CHABANAIS.

Que faire?... fais comme dans *Robert le Diable*... (*D'un ton
mélodramatique.*) Vends ton âme au démon... pour avoir de
l'or!... Ah! attends... je vais faire une évocation !... (*Musique
à l'orchestre. Chabanais fait le tour du théâtre en étendant les
bras, puis il chante sur un accompagnement d'orchestre :*)

Satan, qui protèges mon ami Georges Kersen,
Viens, apparais !...

(*La musique continue. — La porte s'ouvre vivement, et Satan
paraît en pantalon du matin, robe de chambre et pantoufles, le
tout très-élégant. — A son premier pas, Georges et Chabanais
se retournent, et, en l'apercevant, laissent échapper une exclamation de surprise.*)

SCÈNE III.

CHABANAIS, SATAN, GEORGES.

SATAN.

Air de la Clochette.

Me voilà ! (*bis.*)
A vos ordres fidèle!
Me voilà ! (*bis.*)
Je viens quand on m'appelle,
Me voilà ! (*bis.*)
Je suis là !
Me voilà ! (*? fois.*)

GEORGES.

Toujours lui !...

CHABANAIS, *à Satan.*

Toujours vous !... (*Changeant de ton et lui tendant la main.*)
Ça va bien?...

SATAN.

Pas mal, merci !... (*Il veut prendre la main de Chabanais, qui
la retire aussitôt.*)

GEORGES, *à Satan.*

Et dans cette prison?...

SATAN.

Ça vous étonne?... mais je suis encore ici chez moi !

GEORGES et CHABANAIS.

Chez vous?...

SATAN, *riant.*

Certainement... Clichy... c'est l'enfer... de la contrainte par
corps!

CHABANAIS.

Décidément, mon petit père, est-ce que vous vous êtes fourré
dans la caboche de nous faire croire, à nous... qui sommes
très-spirituels... que vous êtes Satan?... plus souvent!... Vous
êtes un farceur de société, ou un acteur de province qui cherche un engagement!

SATAN.

Alors, pour vous convaincre, il m'aurait fallu sortir de terre
avec une fourche, des griffes et des cornes... Allons donc!... c'est
une !... une fourche, je ne m'en sers plus! (*Montrant sa main
à Chabanais.*) Mes griffes, je me les fais rogner tous les mois!...
quant aux cornes, c'est si mal porté maintenant!... (*Riant.*)
Tout le monde en a.

CHABANAIS.

Vous êtes le diable... vous ?

SATAN.

Oui!... (*Remontant vers la droite et appelant.*) Holà!... garçon!... geôlier!... la maison!... du punch! et vivement!
(*Georges passe à gauche.*)

CHABANAIS, *courant à la porte.*

Oh! oui... du punch!...

(*Satan revient au milieu.*)

GEORGES, *à Satan, d'un ton incrédule.*

Ah!... tu es Satan?...

CHABANAIS, *s'approchant de Satan.*

Laisse donc! il nous fait poser! (*A Satan.*) Je sais bien ce
que vous êtes, moi!...

SATAN, *avec une certaine nuance d'inquiétude.*

Ah!... et que suis-je?...

CHABANAIS.

Vous êtes un petit blagueur !...

(*Le geôlier vient d'entrer, en apportant sur un plateau un bol de punch
et trois verres et pose le plateau sur la table et se retire immédiatement. Chabanais va s'asseoir au bout de la table, du côté du mur,
et, pendant ce qui suit, verse le punch dans les verres.*)

SATAN, *à Chabanais en riant.*

Tu crois!... (*A Georges, sérieusement.*) Je suis un bon diable... et la preuve... (*Prenant un portefeuille dans la poche de
sa robe de chambre et le tendant à Georges.*) Georges, voilà tes
deux cent mille francs!

GEORGES, *prenant le portefeuille avec surprise.*

Mes deux cent mille francs!...

(*Étonnement de Chabanais.*)

SATAN, *à Georges.*

Je te les rends... mais à une condition.

GEORGES.

Laquelle ?...

SATAN, *l'observant.*

C'est que tu reconnaîtras le vin parisienne, avec son luxe,
ses fêtes et ses plaisirs... O Paris!... vive Paris!... (*Allant se
placer derrière la table, et restant debout, face au public.*) Vive
le punch qui flambe!... vive Paris qui scintille!...

(*Georges, toujours le portefeuille à la main, va venir s'asseoir au bout
de la table en face de Chabanais.*)

Air d'Hervé.

Amis, il faut boire !
Oui, j'y mets ma gloire...
Voilà ce doux souvenir

Qu'au Dieu du plaisir!
Au diable tristesse,
Morale et sagesse!
Vive la paresse!
Pour la jeunesse,
C'est après l'ivresse
Que l'on doit dormir!

Vivent les vins vieux, les femmes jeunes et le tabac!
Vivent nos soirées, que nous traversons en riant!
Vive ce Paris, car c'est le paradis du diable!
Ainsi, dansez-vous, pour faire plaisir à Satan!

(Sur la ritournelle, Satan et Chabanais boivent. — Georges, seul, ne boit pas. — Il semble abruti.)

La sotte ivresse
Aux charmes âpres,
Le matin poétise...,
Ne... n'y croyez pas,
En vain, jeunes filles,
Vos douces langueurs,
Vos mines gentilles,
Séduisent les cœurs,
Jusqu'à l'ivresse,
Rue serrée en main,
Nous dirons encore :
« Repassez demain! »

REPRISE.
Amis, il faut boire!
Oui... j'y mets ma gloire... etc.

(Chabanais boit encore.)

GEORGES, regardant le portefeuille.
Mais, c'est un rêve!... Comment, je suis riche!...

SATAN.
À la condition que tu sois... (L'observant et appuyant sur ses paroles.) Demain... tu auras des créances... des maîtresses!...

GEORGES, se levant, et d'un ton résolu.
Merci... je refuse!... (Il gagne la gauche.)

SATAN, venant s'appuyer sur le dossier de la chaise que Georges vient de quitter.
Hein?...

CHABANAIS, toujours assis.
Oui... nous refusons!... (Il avale un verre de punch.)

SATAN.
Et pourquoi?...

GEORGES, avec chaleur.
Pourquoi?... parce que j'ai assez de cette existence de viveur, de ces nuits passées en orgies stupides, de toutes ces dégradations de l'âme et du corps!... Oui, Paris donne la gloire, la fortune, l'estime du monde à celui qui travaille!... mais à celui-là, qui vit une coupe de champagne à la main, n'ayant qu'un but, le plaisir!... à celui-là, Paris ne donne que déceptions!... Le viveur doute de tout... de l'ami qui lui tend la main, du dévouement des hommes, de l'honneur des femmes!... il douterait... de sa mère!... Allons, qui que tu sois... reprends ce porte-feuille!... (Il le jette aux pieds de Satan.) Je suis ruiné!... Eh bien!... tant mieux!... je travaillerai!.. Le travail!... c'est la richesse du pauvre!... c'est le pain béni des honnêtes gens...

SATAN.
Ah! ah!... (À part, avec joie, en ramassant le portefeuille.) Enfin!... (Il gagne le milieu du théâtre.)

CHABANAIS, avec éclat et se levant.
Oui!... C'est comme ça!... nous serons vertueux!... Laissons-nous, toute notre vie, nous faire habiller à la belle Jardinière!...

SATAN.
Vous êtes sourds à ma voix?...

GEORGES.
Je n'écoute que mon cœur, qui me dit : « Repens-toi et pense à Madeleine! »

CHABANAIS, qui s'est rapproché de Satan, prenant sa tourière sur la table.
Je n'écoute que cette tourière, qui me dit : « Chabanais, repens-toi au chou, et pense à Tronquette! » (Il remet sa tourière sur la table.)

SATAN.
Comment!... vous vous repentez déjà?...

CHABANAIS, avec émotion.
Le repentir est une plante qui pousse vite, quand le malheur lui sert d'arrosoir dans la serre-chaude de la captivité!

SATAN.
Ah! mes gaillards... vous commencez à comprendre qu'il y a autre chose dans la vie que de n'y rien faire!... Vous commencez à comprendre que Madeleine vaut mieux que mademoiselle Carmen... et que l'on est mieux aimé chez Jacques que dans la Chaussée-d'Antin!...

GEORGES et CHABANAIS, étonnés des paroles de Satan.
Hein?...

SATAN, riant aux éclats.
Ah! ah! ah!... Je crois que je m'attendris!... J'ai une petite larme dans le coin de l'œil!.. C'est drôle, une larme du diable!...

CHABANAIS, en colère.
Ah çà, décidément... est-ce que vous êtes le diable, nom d'un petit bonhomme?

SATAN, lui donnant un petit coup sur la joue avec le portefeuille, qu'il tient à la main.
Monsieur Chabanais, vous êtes un curieux!... (Chabanais remonte et passe à gauche, après avoir repris sa tourière, qu'il va déposer sur le lit.) Tiens, Georges... (Lui présentant le porte-feuille.) Reprends ce portefeuille... (Refus de Georges.) Sans condition!... (Georges prend le portefeuille.) Maintenant, j'ai ton âme!... mais, bah!... une de plus ou de moins!... J'en fais cadeau à Madeleine!... (Mouvement de Georges.) À Madeleine qui t'aime!... et la preuve, c'est qu'elle est encore à Paris, près de toi!... (Il remonte vers la porte.)

GEORGES.
C'est impossible!...

CHABANAIS.
Et Tronquette?...

SATAN, arrivé près de la porte et se retournant.
Tronquette aussi!... (D'un ton solennel.) Chabanais, tu m'as évoqué,... je suis venu!... (À Georges, avec satisfaction.) Georges, te voilà comme je te voulais!... (Il sort vivement, la porte se referme sur lui.)

SCÈNE IV.
CHABANAIS, GEORGES.

GEORGES, regardant le portefeuille.
Nous sommes riches!... (Il la met dans sa poche. Pendant cette scène, la nuit vient peu à peu.)

CHABANAIS.
Et nous sommes libres!... (Courant à la porte et frappant.) Geôlier, nous voulons sortir!... geôlier, nous avons le sac!... nous éprouvons le besoin de prendre l'air!...

LE GEÔLIER, en dehors.
Oh! minute!... on ne s'en va pas comme ça!... Il y a des formalités!...

CHABANAIS.
Des formalités?... c'est juste!... (Repassant à gauche.) Il est plus facile d'entrer ici que d'en sortir!... (Avec joie.) Mais, bah!... nous serons libres demain!...

GEORGES.
Demain!... comme c'est long!...

CHABANAIS.
Oui... mais Morphée abrège les heures!... (Il se jette sur le lit et se dispose pour dormir.)

GEORGES, s'asseyant près de la table.
Tu as raison!... (Musique à l'orchestre.)

CHABANAIS, après un petit silence.
Dis donc, Georges?...

GEORGES, qui s'est accoudé sur la table et a mis sa tête sur sa main.
Quoi?...

CHABANAIS.
Est-ce que tu crois au diable, toi?...

GEORGES.
Médiocrement... et toi?...

CHABANAIS.
Moi!... pas du tout... je suis élève de Voltaire

GEORGES.
Et cependant, ce personnage étrange... qui se métamorphosait pour nous... et que nous trouvons à chacun de nos pas... tout à l'heure encore.. quel est-il?

CHABANAIS, bâillant.
C'est, ma foi, vrai!... Ah bah! nous sommes sauvés!... voilà l'important! Bonsoir, ma vieille!

GEORGES, *d'une voix assoupie.*

Bonsoir!

(Ils s'endorment. — La nuit est tout-à-fait venue. — L'orchestre commence l'air : Sonnez, clochettes du village. *— Le fond se sépare et laisse voir un petit salon très-élégant ; au fond, une console chargée de deux vases de fleurs, et surmontée d'une glace ; à droite, une toilette, près de laquelle est une petite causeuse ; et sur cette causeuse est assise une jeune fille : c'est Geneviève. — Sur un petit tabouret de pied est agenouillée devant elle une autre jeune fille : c'est Madeleine.)*

SCÈNE V.

LES MÊMES, *endormis,* MADELEINE, GENEVIÈVE.

MADELEINE.

Tu as fait tout ça, ma Geneviève? et comment?...

GENEVIÈVE.

Oh! c'est bien simple, va!... je sortais d'un bal masqué, et je soupais à côté d'eux au café Anglais, quand ils ont prononcé leurs noms. — Je jurai de te rendre ton fiancé... à toi, qui ne m'as pas oubliée... à toi, qui m'écris ces bonnes lettres qui me rappellent le pays au milieu des tumultes de ma vie d'artiste! La pauvre comédienne a réussi. C'est une bonne action qui lui comptera peut-être un jour!

MADELEINE.

Tu as été leur ange gardien!

GENEVIÈVE, *souriant.*

En leur faisant croire au diable,

MADELEINE.

Et tu veux rester à Paris?

GENEVIÈVE.

Il le faut... Ecris-moi toujours, bonne petite sœur... parle-moi de notre frère Jacques... et, là-bas, pense à moi!

MADELEINE.

Oh! toujours!...

GENEVIÈVE, *l'embrassant.*

Adieu, Madeleine, sois heureuse!...

MADELEINE.

Adieu, Geneviève!... sois bénie!... *(Elles se lèvent et s'embrassent de nouveau. — Le fond se referme. — La musique finit par un forté.)*

SCÈNE VI.

CHABANAIS, GEORGES; *puis* MADELEINE *et* TRONQUETTE.

GEORGES, *réveillé en sursaut et se levant.*

Grands dieux!...

CHABANAIS, *de même, se jetant en bas du lit et se heurtant dans la chaise qui est à la tête.*

Sapristi!...

GEORGES, *cherchant dans l'obscurité.*

Chabanais!...

CHABANAIS, *de même.*

Ma vieille!... *(Ils se joignent au milieu du théâtre.)*

GEORGES.

J'ai rêvé!

CHABANAIS.

J'ai eu un re-cauchemard!

GEORGES.

Si tu savais...

CHABANAIS.

Si tu pouvais deviner.

GEORGES.

Le diable!... c'était... Geneviève!...

CHABANAIS, *avec éclat.*

C'était Geneviève!... *(La porte s'ouvre. — Madeleine se précipite dans la cellule sombre de Tronquette, qui apporte une lumière qu'elle pose sur la table. — Le théâtre s'éclaire.)*

MADELEINE, *courant à Georges.*

Georges!... mon ami!... comment, vous êtes libre?...

GEORGES.

Libre!... et vous me pardonnez?...

MADELEINE, *souriant.*

Je vous pardonnerai... mais à Paimpol!

TRONQUETTE, *allant à Chabanais.*

Chabanais!...

CHABANAIS, *avec transport.*

Tronquette! *(lui prenant les mains)* ô bonheur!... elle a toujours les mains rouges de la vertu!

TRONQUETTE, *avec dignité.*

Chabanais, je vous pardonne!.. *(à part)* mais tu me le paieras, gredin!

MADELEINE.

Partons!... *(Georges a pris son chapeau et mis sa redingote.)*

TOUS.

Oui, partons!... *(Ils font un mouvement vers la porte.)*

CHABANAIS, *s'écriant.*

Ah! sapristi!.. J'oubliais ma souricière!

(Il va la chercher sur le lit. — Tronquette lui prend le bras : Madeleine a le sien passé sous celui de Georges.)

SCÈNE VII.

CHABANAIS, TRONQUETTE, GEORGES, MADELEINE, LE GEÔLIER ; *puis* JACOBUS. *(L'orchestre exécute en sourdine la ronde des Enfers de Paris.)*

LE GEÔLIER, *entrant.*

Allons, messieurs, dépêchez-vous!... v'là un nouveau détenu qui vous remplace.

CHABANAIS.

Un nouveau locataire?... va-t-il s'ennuyer ici!

LE GEÔLIER, *à la cantonade.*

Entrez, monsieur. *(Entre Jacobus, la mine allongée. — Le geôlier sort.)*

GEORGES *et* CHABANAIS, *surpris.*

Jacobus!...

CHABANAIS, *avec joie.*

Jacobus à Clichy!

JACOBUS, *qui, pendant ces quelques mots, a gagné lentement le devant de la scène.*

Hélas!... j'ai eu des malheurs!

(Il tombe d'un air piteux sur la chaise près de la table. — On le regarde en riant. — L'orchestre joue très-fort le refrain de la ronde des Enfers de Paris. — Le rideau tombe.)

ATALA

DRAME LYRIQUE

PAR

M. ALEXANDRE DUMAS FILS

MUSIQUE DE M. VARNEY

REPRÉSENTÉ POUR LA PREMIÈRE FOIS, A PARIS, SUR LE THÉATRE-HISTORIQUE, LE 10 AOUT 1848.

DISTRIBUTION DE LA PIÈCE.

CHACTAS	MM. MONTAUBRY	ATALA	Mme MOISSON.
LOPEZ	JESSE	Récitatif poétique	M. BIGNON.

RÉCIT PARLÉ

Il est un doux pays qui, comme un grand jardin,
Se déroule, et s'étend à plus de mille lieues,
Le fleuve que Dieu donne à ce nouvel Éden,
C'est le Meschacebé, le fleuve aux ondes bleues.

C'est le Nil des déserts! quand les torrents gonflés
Toulent avec troncs pleins de limon et d'herbes;
Quand les chênes géants, sous la foudre écroulés,
Abandonnent aux flots leurs cadavres superbes,
Le fleuve s'en empare, et, roulant avec eux,
Il gronde, plus puissant et plus majestueux!

Tandis que ces débris comme de sombres îlots
Descendent à la mer, on voit les fleurs des eaux
Remonter vers le bord, et leurs îles flottantes
S'étaler au soleil et croiser leurs roseaux.
Alors, les serpents verts, les jeunes crocodiles,
Les flamants, les oiseaux de toutes les couleurs,
En se laissant bercer par les brises faciles,
S'embarquent passagers sur ces vaisseaux de fleurs.

La colonie, aux feux d'une belle journée,
Remonte déployant au vent ses voiles d'or,
Et va se perdre, enfin, dans une anse éloignée,
Où sous l'ombre des pins le fleuve heureux s'endort.

Quelquefois un bison fend les flots à la nage,
Il aborde. A son front brille un double croissant,
Sa barbe est limoneuse, et son regard sauvage
S'arrête avec orgueil sur le fleuve imposant.

On croirait voir le dieu, fier du bruit de ses ondes,
Au bord occidental il voit se propager
Vers l'horizon d'azur les savanes profondes
Qui, jusque dans le ciel, semblent se prolonger.

L'autre bord, ce n'est plus l'immensité des plaines,
Sillonnée en tous sens par d'immenses troupeaux;
C'est la forêt joyeuse, avec ses voûtes pleines
De fleurs et de parfums, de murmure et d'oiseaux.

Le soleil s'y répand en éclatantes gerbes,
Chaque pas offre aux yeux un nouvel horizon,
Et loin de ces oiseaux, hôtes des grandes herbes,
Ne rêve un autre ciel sous sa verte prison.
Du sein de ces massifs, avec ses roses blanches,
Le magnolia monte; et les palmiers hardis
Comme des éventails ouvrent leurs vertes branches;
On dirait le projet d'un autre paradis.

Puis, quand la brise passe avec ses senteurs pures,
Confondant tous les tons d'azur, de blanc, de vert,
Et comme les couleurs mélangeant les murmures,

Emporte vers le ciel les voix de ce désert,
Il se fait un tel bruit dans la forêt immense,
Il éclate des chants si doux sous ce ciel bleu,
Que l'on se dit alors : C'est ici que commence
Le concert infini que le monde offre à Dieu !

Un jour, un vent de guerre agita ces retraites :
Un vent ardent passa, courbant les hauts palmiers ;
On eût dit dans la nuit le souffle des tempêtes ;
C'était la voix du Dieu qu'écoutent les guerriers !

Or, deux tribus allaient, dans ces profondeurs sombres,
Se heurter. Des guerriers, d'autres rives venus,
Emplissaient le désert étonné. Dans ses ombres
La nuit voyait passer ces spectres inconnus.

Ils s'avançaient ainsi : Natchez et Siminoles,
Marchant le jour : la nuit, allumant de grands feux
Et dressant au désert leurs stupides idoles,
Ils dansaient, invoquant ces impassibles dieux.

Le jour du combat vint. Quand de sa grande haleine
Le vent d'ouest a soufflé, l'on voit le lendemain
Des arbres qui vivaient la veille dans la plaine
Les rameaux dépouillés et morts sur le chemin.
Ainsi l'une des deux tribus souffla sur l'autre.
Le fils du chef vaincu, le fils d'Outalissi,
Fut reçu par Lopez : Ma maison est la vôtre,
Lui dit le saint vieillard ; arrêtez-vous ici.

Ami, foulez mon seuil, humble, mais charitable;
Mon toit en deviendra plus riche et plus joyeux.
Soyez-vous à mon feu, prenez place à ma table,
Quel que soit votre nom et quels que soient vos dieux.

Cela dura trois ans : puis l'esprit du sauvage
Dans un rêve revit son pays enchanté,
Ses yeux cherchent au loin le fleuve et son rivage,
Et voici ce qu'hier encore il a chanté :

« Vingt ans se sont passés depuis que, chaste et pure,
» Ma mère m'enfanta près du Meschacébé ;
» Et les arbres trois fois ont perdu leur verdure,
» Depuis le jour fatal où mon père est tombé !

» C'était un grand guerrier, Outalissi, mon père,
» Qui devant l'ennemi ne recula jamais ;
» Avant qu'il en renaisse un pareil sur la terre,
» Les neiges bien des fois blanchiront les sommets.

» Nous avons tous les deux combattu côte à côte !
» Que ne nous sommes-nous côte à côte endormis!
» Mais un Dieu m'a conduit chez Lopez, et mon hôte
» M'offrit l'asile sûr de ses foyers amis.

» Que le Dieu que Lopez priait pour moi couronne
» Son nom d'autant de biens que j'aurai fait de vœux,
» Et lorsque j'aurai fui de ces lieux, qu'il lui donne
» La moisson plus féconde et les jours plus heureux. »

DUO.

LOPEZ et CHACTAS.

LOPEZ.
Pourquoi donc incliner votre front vers la terre?
Mon enfant, qu'avez-vous?

CHACTAS.
Oh ! je voudrais vous taire
La tristesse qui trouble et mon cœur et ma voix.

LOPEZ.
Tu pleures, et pourquoi?

CHACTAS.
Parce qu'hélas, mon père,
Les yeux doivent pleurer, quand l'âme solitaire
Déserte brusquement le bonheur d'autrefois.

LOPEZ.
Je ne te comprends pas.

CHACTAS.
Mon père ! je vous quitte !

LOPEZ.
Pour peu de temps, ami ?

CHACTAS.
Non, pour l'éternité!

LOPEZ.
La maison que Chactas depuis trois ans habite
Refuse-t-elle donc son hospitalité?
Tu ne peux pas ainsi, quittant ton pauvre père
En larmes sur le seuil,
Laisser dans la maison, qui jadis te fut chère,
Les regrets et le deuil.

CHACTAS.
Mon père ! j'ai longtemps combattu, je vous jure,
Ce conseil aujourd'hui vainqueur ;
Mais il a pris la voix de toute une nature
Pour éblouir mes yeux et rappeler mon cœur !

RÉCITATIF.

Il est au loin des champs splendides,
Qui vont commençant aux Florides
Et finissant au Labrador.
La nuit leur fait un dais d'étoiles
Jusqu'à l'heure où, joignant ses voiles,
Éclate le soleil, le dieu de flamme et d'or !

ROMANCE.

PREMIER COUPLET.

Là, je vins au monde, et ma mère
M'a vu naître pour une guerre
Mon père toujours triomphant ;
Et dans son amour attentive,
Les deux yeux fixés sur la rive,
Elle attend le retour du père et de l'enfant.

DEUXIÈME COUPLET.

Son ombre m'appelle sans trêve,
Et la nuit, visitant mon rêve,
« Reviens, dit-elle, en m'implorant, »
Je ne dormirai plus sur terre
Qu'auprès du tombeau de ma mère.

LOPEZ.
Elle attend le retour du père et de l'enfant.
Ami, tu veux franchir la plaine infranchissable,
Tu veux recouvrer ton pays, hélas:
Mais Dieu, qui t'envoyait, ne me laissera rien,
Lorsque s'effacera ta trace sur le sable.
L'ennemi veille encor ; reste, si tu m'en crois :
Ami, ne tente pas ta destinée amère.
Tu mourras loin de moi sans consoler ta mère,
Et tu mettras en deuil deux amours à la fois.

DUO.

LOPEZ.	CHACTAS.
Chactas, mon fils, écoute :	Dans sa triste demeure,
Tu vas prendre une route	Ma mère à présent pleure
Où se perdront les pas;	En songeant l'horizon.
Parce que ton cœur aime,	Chaque heure que je passe
Par ta mère elle-même,	Loin de ses bras efface
Mon enfant, ne pars pas !	Sa vie ou sa raison.

ENSEMBLE.

LOPEZ.	CHACTAS.
Chactas, mon fils, écoute :	Dot la voix que j'écoute
Tu vas suivre une route	M'indiquer une route
Où s'égarent les pas;	Où s'égarent mes pas;
Par ce que ton cœur aime,	J'ai cru l'ordre suprême,
Par ta mère elle-même,	Car ma mère, qui m'aime,
Mon enfant, ne pars pas !	Pleure et m'attend là-bas !

CHACTAS.
Adieu, mon père, adieu, je vous quitte aujourd'hui.

LOPEZ.
Tu l'ordonnes, Seigneur, veille toujours sur lui.

CHACTAS.	LOPEZ.
La nature,	La nature,
Douce et pure,	Riche et pure,
Est l'augure	Cet augure
Du bonheur.	Du bonheur,
A ma vie	Le convie.
Se cache,	Que sa vie
A l'ouvrir	Soit suivie
De mon retour.	Du Seigneur.
L'ombre chère	L'ombre chère
Qui m'espère,	Qui l'espère,
C'est ma mère	C'est sa mère
Qui m'attend.	Qui l'attend.
Pauvre femme !	Pauvre femme !
Cœur sans âme,	Cœur sans âme,
Qui réclame	Qui réclame
Son enfant !	Son enfant !

CHACTAS.
Adieu ! mon père, adieu !
    LOPEZ.
                Que le Seigneur te guide !
Des jours que je rêvais, voilà donc le dernier !
    CHACTAS.
Vous me pardonnez.
    LOPEZ.
                Ma maison sera vide,
Et cependant pour toi, mon fils, je vais prier.
Adieu donc, mon enfant, puisque le ciel l'ordonne ;
Et je vais implorer mon Dieu, pour qu'il te donne
Tous les biens qu'ici-bas l'homme peut envier.

CHACTAS, seul.

Lopez m'avait bien dit qu'en cette plaine immense
    J'égarerais mes pas,
Et que j'entreprenais la route qui commence,
    Mais qu'on ne finit pas.

CHŒUR DES GUERRIERS SÉMINOLES.

    Vengeance, amis, vengeance !
    C'est l'heure du trépas !
    Qu'avec rage on s'élance,
    Car Chactas est là-bas !

    CHACTAS.
C'est le chant séminole, oui, c'est le cri de guerre,
Et son murmure sourd est chargé de colère.
Ô brises qui passez au-dessus de ma tête,
    Avec un vol joyeux,
Nuages, voiles blancs, qui portez la tempête
    À l'azur d'autres cieux,
Si vous voyez la terre où ma mère sans doute
    M'attend, mais sans espoir,
Dites-lui que je meurs en commençant la route
    Où je devais la voir.

CHŒUR.

    Vengeance, amis, vengeance !
    C'est l'heure du trépas !
    Qu'avec rage on s'élance,
    Car Chactas est là-bas !
    CHACTAS.
Ce chant, encor ce chant que j'avais entendu !
Ce sont eux, les voici... perdu, je suis perdu !

CHŒUR.

Ton père nous a pris pour de vieux chevelures
    (Qu'il trancha toutes de sa main);
Nos guerriers morts sans sépultures
De leurs os jonchent le chemin ;
Le fils vengera nos injures,
Chactas, tu périras demain !
    Que le camp retentisse
    Les chants les plus joyeux,
    Et qu'on se réjouisse
    Par la danse et les jeux !
    Frères, que l'on s'unisse,
    Qu'on fête Areskoui,
    Le dieu guerrier qui livre
    Le fils d'Outalissi.

    CHACTAS.
Chantez ! Chactas ne veut pas se défendre ;
Comme un guerrier le prisonnier mourra.
À vous prier il ne veut pas descendre ;
Le vent qui passe ira porter sa cendre
    À son pays, qui s'en éjouira !

RÉCIT PARLÉ.

L'ombre se fait déjà. Le soleil rouge encor
Descend sous l'horizon, parant de rayons d'or
    La terre parfumée,
Comme un riche sultan, à la fin d'un beau jour,
Couronne de sequins, qui paient son amour,
    Les cheveux d'une aimée.

Le vent mystérieux qui souffle des déserts
Endort dans ses senteurs et ses larges concerts
    La nature lassée.

On dirait un géant habitant des grands bois,
Amoureux d'une vierge et d'une douce voix
    Berçant sa fiancée.

Voici qu'avec le jour va s'éteindre le bruit !
La nature contemple au milieu de la nuit
    Sa fête orientale !
Tel, l'avare dans l'ombre allant revoir son or,
Et quand le jour revient renfermant le trésor
    Que sa nuit il étale !

Les guerriers endormis dans les chants du festin
Ne se réveillent que lorsque le matin
    Aux teintes éclatantes
À l'horizon pâlit demain reparaître,
Et de ses gais rayons en naissant dorera
    Les feuilles de leurs tentes.

Chactas est garrotté ; mais, des fleurs dans les mains,
Des vierges au front blanc traversent les chemins
    Comme des faons alertes,
Et libres jusqu'à l'heure où le jour va briller,
Avec des bonds joyeux courent s'éparpiller
    Dans les forêts désertes.

Puis, lorsque le captif vient de fermer les yeux,
Toutes, le col tendu, le regard curieux,
    Muettes et craintives,
En se donnant la main, se penchent pour le voir,
Comme ces blanches fleurs que les brises du soir
    Inclinent sur les rives.

Elles pleurent son sort, et dans l'ombre des nuits
Elles tressent des fleurs et lui portent des fruits !
    Et Chactas croit qu'il rêve,
Il s'éveille écoutant les doux mots de leur voix,
Et n'entend que l'écho qui redit dans les bois
    Leur concert qui s'achève.

Tandis qu'elles s'en vont s'effaçant dans la nuit,
L'une d'elles se cache et déserte sans bruit
    Ses timides compagnes.
Ses cheveux sont d'ébène et son front est doré,
Ses yeux ont le regard du chevreuil effaré
    Qui fuit dans les montagnes.

Car elle craint toujours d'éveiller sous ses pas
Les guerriers endormis, qui ne l'entendent pas
    Au fond de leur cabane,
Et s'ils voyaient sur l'herbe errer ses pas tremblants,
Ils croiraient voir passer vêtu de voiles blancs
    L'esprit de la savane.

Elle descend ainsi quand le soleil s'éteint
Auprès du prisonnier ; mais son front n'est pas ceint
    De parures frivoles.
Quoiqu'elle ait vu le jour au pays des palmiers,
Elle ne porte pas les fleurs ni les colliers
    Des filles séminoles.

Elle est chaste et dix fois plus chaste que ses sœurs.
Sous les magnolias et les citrons en fleurs,
    Jamais vierge plus pure
N'a d'un œil plus pieux fixé le firmament !
Son front semble éclairé par le rayonnement
    De toute la nature.

Lorsque l'aube se lève et commence à briller,
Elle quitte sa couche et va s'agenouiller,
    Pudiquement couverte ;
Souriant au soleil qui pénètre à demi ;
On croirait qu'elle vient au retour d'un ami,
    Montrer sa porte ouverte.

Puis, tirant de son sein un crucifix de bois,
Qu'elle porte toujours, devant la sainte croix,
    Seulement elle prie.
Pour les fautes d'autrui demandant le pardon,
Et, fille d'idolâtre, elle implore le nom
    Du Christ et de Marie.

CHŒUR DES FEMMES.

    Nous sommes des sœurs amies ;
    Pour soulager ton destin,
    Dans les forêts endormies

Nous errons jusqu'au matin.
Voici des fruits et des feuillages
Qui te feront un lit plus doux ;
Voici des fleurs, des coquillages,
Chactas, reçois-les de nous.

CHACTAS.
Ma mère m'a souvent répété qui vous êtes :
Vous êtes les sœurs de l'espoir,
Et le ciel répand sur vos têtes
Tous les rayonnements du matin et du soir.
L'enfant que le ciel vous confie
Et qui doit être un homme un jour,
A vos mamelles boit la vie,
A votre lèvre boit l'amour.

ATALA.
A cette heure où la nuit sereine,
Ville dort, couvre les bois,
Captif émigrant dans ta chaîne,
Entends les accents de ma voix.
Tu n'as plus d'amis sur la terre,
Et ce soir est ton dernier soir !
Mais Dieu veut toujours qu'on espère ;
Je t'apporte l'espoir.

DEUXIÈME COUPLET.
Toi, que ta mère heureuse et douce
Endormait parmi les oiseaux,
Au fond d'un frêle nid de mousse,
Dans les rideaux des roseaux ;
Quelquefois tu cherches ta mère,
Tu ne dois plus la revoir,
Mon Dieu veut toujours qu'on espère,
Je t'apporte l'espoir !

CHACTAS.
D'où sortent les accents de cette voix céleste,
Et qui donc peut venir, à cette heure funeste,
Visiter le captif au dernier de ses jours?
Enfant, es-tu la vierge aux dernières amours?

ATALA.
Je ne suis pas la fiancée
Du prisonnier qui va mourir ;
Ma lèvre ne s'est point usée
Aux baisers du dernier soupir...
Le chef Simaghan est mon père,
Mon nom est Atala ! Ma mère
M'a révélé le Dieu chrétien !
Et vers toi je viens en apôtre,
Afin que ta foi soit la nôtre,
Afin que mon Dieu soit le tien !

CHACTAS.
Ta parole est si douce, enfant, qu'elle me touche
Et me dicte ma loi !
Le vrai Dieu, c'est celui qui se sert de ta bouche
Pour se faire connaître à moi !

ATALA.
Seras-tu de ce Dieu le serviteur fidèle ?

CHACTAS.
Je servirai le Dieu qu'Atala me révèle,
Je le prierai ce soir et demain en mourant.

ATALA.
Ami, lui seul est grand !
Et lui seul récompense, en une autre patrie,
Les maux soufferts dans cette vie!

CHACTAS.
Ton Dieu réunit-il ?

ATALA.
Pour jamais! sans retour !

CHACTAS.
Alors il est le mien ! A ton Dieu je me livre !
Ta beauté céleste m'enivre ;
Et, si j'avais encore à vivre
Dans mon amour plus d'un jour,
Qui que tu sois, vision, espère,
Qui viens de parler de ma mère,
J'aurais imploré ton amour!

ATALA.
Ne parle pas d'amour à ce moment suprême!
Chactas, la mort t'attend!

CHACTAS.
Que m'importe la mort ?
Lorsqu'il est soutenu par une main qu'il aime,
Celui qui va mourir est fort !

ATALA.
Ami, mon Dieu quelquefois récompense
Même ici-bas ceux qui l'ont respecté.

CHACTAS.
Que dis-tu ?

ATALA.
Je te dis que telle est sa puissance,
Qu'il m'accorde la délivrance
Et te donne la liberté!
Tu peux fuir, maintenant.

CHACTAS.
Avec toi ?

ATALA.
Non, je reste.

CHACTAS.
Alors je ne pars pas.

ATALA.
Aveuglement funeste!
Tu dois mourir demain !

CHACTAS.
Et je préfère, moi,
Mourir devant tes yeux que vivre loin de toi.
Sans toi, que m'importe la terre?
J'y vivrais trop désespéré.

ATALA.
Chactas, songe à ta mère!

CHACTAS.
Au nom de son amour, suis-moi.

ATALA.
Je te suivrai.
Hâtons-nous, car je tremble
Que Dieu, qui nous rassemble,
Ne laisse pas ensemble
Ceux qu'il a réunis.
Puisse Dieu, qui m'éclaire,
Entendre ma prière !
C'est par lui que j'espère,
C'est par lui que tu vis!

CHACTAS.
O vierge chaste et pure,
Fille de la nature,
Qui tant que la nuit dure
Veilles à mon côté !
Meure ma foi première !
A toi ma vie entière,
Mon amour, ma prière,
Pendant l'éternité !

CHŒUR DES FEMMES.
Nous sommes des sœurs aînées, etc.

ATALA.
Écoute au loin dans les campagnes,
Voici le chant de mes compagnes.

CHACTAS.
Elles viennent à nous.

ATALA.
Grand Dieu, protège-nous!

CHŒUR D'INDIENS.
A travers le bois sombre,
Vient de passer une ombre,
Le prisonnier s'enfuit!
Que le camp s'unisse
Coure aux armes et vole
Malgré la nuit !
Vengeance ! amis, vengeance!
Etc...

FIN.

Paris. — Imprimerie de [illegible].